ただキミと一緒にいたかった

空色。

STARTS
スターツ出版株式会社

“空が晴れてるときは
笑ってるって思ってた。
雨が降ってるときは
泣いてるんだと思ってた。”

キミのこの言葉には、
たくさんの想いがつまっていた。

私たちふたりは、この広大(こうだい)な、
たったひとつの同じ空の下。
だから遠い距離でも大丈夫。
そうやって、私は強くなれたんだよ。

ねぇ、今日も空が綺麗(きれい)だね。
なにかうれしいことでもあった？
空が晴れてるから、きっとキミも笑ってるよね。

私は今日も、
この空にキミの足跡(あしあと)を探しつづける。

contents

第４章　噛み合わない歯車

第５章　終わらない想い

文庫限定
Another Story

第1章
突然(とつぜん)の出会い

心がピンときた

【咲希(さき)side】
　出会いは、いつも突然やってくる。
　私になんの断りもなく。
“出会いは偶然(ぐうぜん)”
　そんなの、バカバカしいと思ってた。
　出会いはいつも“必然”で、私の行動の先の結果が、たまたま“その人”を導(みちび)くわけであって。
　だから、出会いが“偶然”なんてありえない。
　ずっとそう思ってた。
　……でも、今はそうは思わない。
　人をバカにしていた今までの私が、一番バカだったのかもしれない。
　“出会い”について、そこまで深く考えてもいなかったけど。
　私ははじめて、「心がピンときたのよ！」と言っていた友達の気持ちがわかった気がする。
　今までその言葉の意味をよく理解していなかった私は、この瞬間に少しだけ大人になれた気がした。
　だけど、そのときの感情が本当に「ピン」なのか……。
　ポンやパンではないことは、たしかなんだけど。
　自分の気持ちを理解するのに、少し時間がかかった。
　それは、ついさっきのこと。

＊　＊　＊

——カタカタカタ……。

夜8時に部屋に響く奇妙な音……ではなく、パソコンのキーを打つ音。

中学2年生の私、一瀬咲希は最近、友達とパソコンでメールを交換したり、チャットという機能で話したりすることにハマっていた。

チャットは、ネット上で日本中のいろいろな年代の人と出会い、言葉を交わすことができる。

それを利用してネット友達（通称ネッ友）を作って、時間を潰していた。

学校の友達には言えないことでも、ネット上でなら伝えられる気がする。

学校では、私はよく友達に頼られる方だ。

話すことが好きだから、相談されることも多く、いつも友達に囲まれている。

だから、相談に乗ることはあっても、私から友達に相談することはあまりない。

友達を信じていないわけじゃない。

むしろ、みんなは私にとって、とても大切な存在。

だけど、大切だからこそ、近すぎる存在だからこそ、逆に言えないこともあるじゃない？

そういうのをさらけ出せるのが、私にとってはネット上だった。

見知らぬ誰かだからこそ、言えるんだと思う。

まぁ、毎日が平凡すぎて、なにか相談したいことがあるわけではないんだけど。

でも、こうやってヒマをもてあますくらいなら、誰かと話していたいでしょ？

どーでもいい話とか、さ。

ただささびしがり屋なだけなのかもしれないけど。

こうして私は、今夜もチャットで新しい出会いを求めていた。

出会い系といっても、本当にただの“出会い”であって、怪しい感じではない。

ただ、老若男女が仲よく話をするだけの、本当にそれだけのヒマつぶしの場。

チャットにはいろいろな部屋があって、私はよく“中学生専用”の部屋を利用していた。

他にも、“バスケットボール部”などの部活専用部屋だったり、“ネコ好きな人”専用の部屋などがある。

チャットは好きな話題や趣味など、話したい内容に合わせて、自分で部屋を選ぶことができるようになっている。

その部屋の中には“常連さん”がいるところも多い。

部屋自体に入りにくかったり、話に入れない部屋があるけど、そんなの私はおかまいなし。

いつもたくさんの“中学生専用”を探しまわって、手当たりしだいにしゃべりまくる。

そういうことをしていると、嫌われたりもするけど、一定の人には好かれたりもする。

今日も、いつもどおり誰かと話がしたいなぁと思い、部屋を探すことにした。

時間が少し早いせいか、あまり人がいないため、チャット部屋の名前の横についているカウンターには、【00人在室中】の文字ばかりが並んでいた。

もう少したってから出なおそうかと思っていたとき、【01人在室中】の中学生の部屋を見つけた。

話し相手が見つかった、という喜びですぐに入室した。

〈こんばんはー！〉

……あれ？

しばらくしても返事がない。

チャットは基本、リアルタイムで言葉を送信するものだから、返事が遅(おそ)いことはめずらしい。

やっと、今日の話し相手を見つけることができたというのに……。

このラッキーを逃したくない！

〈おーい、いませんかー？〉

もう一度送ってみる。

……5分経過するけど、まったく返事がない。

もしかして、今お部屋の掃除(そうじ)中なのかも。

それとも、明日の学校の準備でもしてるのかな？

もう少しだけ、待ってみよう。

どこか期待してる自分がいたみたい。

半分いないとあきらめてはいたものの、返事が来ないことを残念だと思う気持ちがどこかにあった。

誰かと話したい、という欲求のせいかもしれない。

いつもなら、部屋に人がいないとわかると、すぐにそこから抜けて新しい部屋を探す。

だけど、今日は人が少ないせいか、どうしてもこの人と話したい！という気持ちが強くなっていた。

早くチャットに戻ってきてほしいと思ってしまう。

このまま、この人が戻ってこなかったらどうしよう……。

部屋を移動してしまおうかな。

新しい部屋へ行って、他の人と話す方が楽しいかもしれない。

でも、もしかしたら……という気持ちで画面を見つづけていると……。

〈ちわ〉

おぉっと!!

返事が来た。

期待していた分、予想以上のうれしさがこみあげた。

〈いたんだ。笑〉

「え？　私はなにも期待していませんでしたよ？」というような、可愛げない自分の返事に少し後悔……。

本当は、もう少し素直に返事がしたかったんだけどな。

“じつはあなたのこと、10分以上こうして待っていたんですよ！”

これは理想の返事だけど、現実でもネットでも素直になれない私は、可愛い私を演出することはできなかった。

　だけど、その人から来た返事は意外なものだった。

〈あぁ、いたよ。ってか、今起きたんだけどね。
お前のせい。笑〉

　……はい？　私のせい？

　あいさつしただけなのに？

　さっき後悔したばかりの気持ちはすぐに消え去り、〈ドーモスミマセンね〉と、嫌味（いやみ）たらしく返してやった。

〈嘘（うそ）だよ笑
チャットの返事ぐらいで起きねぇし〉

　……ムムッ。

　お前が言ったんだろ!!

　……なんて思ってしまう私は、相当、短気なのかもしれない。

〈あっ、そーですか笑　ていうか、名前は？〉

　でも、どこか返事をくれたうれしさがあって、そう聞いてみた。

〈啓吾（けいご）。お前は？〉

〈咲希です、よろしく。あっ、ちなみに14歳〉

〈聞いてねーし〉

　なんだそれ！

　この人、さっきから私のこと、バカにしてる？

〈ふっ〉

　皮肉（ひにく）をこめて、鼻笑い。

　私って、チャットでも鼻笑いしちゃうんだ……。

〈ふっ、じゃねーよ笑　俺は15歳〉
〈あ、年上だったんだ？　馴れ馴れしくすみません〉
　私の気遣いも気にせず、啓吾は〈あぁ。べつに今さら笑〉と言った。
　そこで話が途切れる。
　沈黙が続く中、なぜか私がソワソワしていた。
　なんで私、コイツのために、こんなにソワソワしてるの!?
　ていうか、なんか話さなきゃさびしくない？
　話そうよ、なんか、ホラ！　学校の話題とかさ！
　せっかくこうして出会えたんだし。
　これも、なにかの縁だよね？
　……我ながら必死だな、と思いながらも、私はこの空気を少し楽しんでいた。
　だけど、なにか話そうと思えば思うほど、話題が出てこない。
　そんな中、無意識に打ちこんだ言葉に自分で驚いた。
〈啓吾はさ、彼女とかいるの？〉
　こんなことを初対面で聞くのは、最初で最後……であってほしい。
　一昔前にはやった言葉で言うならば、まさに“ＫＹ（空気が読めない)”ってやつ。
　今の発言はまちがいなく、日本のＫＹランキング上位100位には入るだろう。
　突然な質問すぎて、自分でも笑えてくる。
　でもそれ以上に、返答しない啓吾にはもっと笑えてくる。

……なんで返事、くれないんだろう。

そう思っていると。

〈いねーよ、お前は？〉

そんな返事が来た。

ホッ。

実際のところ、いるかいないかはどうでもよかった。

返事をくれるか、くれないかが問題だっただけ。

〈いねーよ〉

返事が来てうれしくなった私は、オチャメにも真似（まね）をしてみた。

すると……。

〈だっはーー
お前、おもしろいな〉

啓吾からは、よくわからない返事が来た。

なにがおもしろいのかもよくわからないのだが、それよりも“だっはーー”の方が気になった。

なんなんだよ、“だっはーー”って。

私は素直に聞いてみることにした。

〈だっはーーってなに？笑〉

べつに、私が納得（なっとく）するような、素敵なお返事を期待していたわけではないのだけれど……返事を見たらどん底に落ちた気分になった。

〈え、笑い方。なに？　文句（もんく）？〉

ドキッ。

どうしよう、怒（おこ）らせちゃった？

笑い方のこと、じつはすごく気にしていたとか……？

私、すごく失礼なこと言ってしまったのかな？

文字だけだと、なかなか相手の感情が読めない。

焦る私は、必死に頭を回転させて返事を考える。

〈いや、えっと、そういうつもりじゃ……〉

……ありません。

なんだかこの人、すごい威圧感がある。

というよりは、ドSな気がする。

なんだろう、この気持ち。

とりあえず、「だっはーー」はさておき。

私は、この答えのない自分の気持ちに探りを入れるため、会話を続けることにした。

――ピン。

このとき私はどこかで、友達が言っていた“ピン”という音が聞こえた気がした。

〈そろそろ眠いね〉

まだ時間は夜９時前。

本当は眠い、なんて思っていない。

チャットに入室してから10分以上待ちつづけて、やっとの思いで啓吾とやりとりをできるようになった。

だけど、うまく話を続けることができない。

とりあえず、私は啓吾となにか会話をしないと！という思いから、思ってもいない言葉が出てしまったのだ。

だけど、ここで啓吾も眠いと思っていたら、私たちのチャットは終了することになってしまう……。

話したい、という思いが強すぎて、私はどう会話をしていいのかわからなくなっていた。
〈早ぇな笑〉
……よかった。
啓吾は眠いとは思っていないってことだよね。
チャットを終了する、という最悪の事態を防げたことに安心する。
〈そう。私、寝るのが好きなんです〉
もう、なんとでもなれ。
後戻りはできないことぐらい、わかってる。
眠いどころか、べつに寝ることが好きでもない私は、啓吾に嘘をついた。
嘘をついてまで会話を続けたい、と思った。
ついてしまった以上は、つきとおそう。
私が寝ることが好きか、嫌いかで誰も傷つけることはないし、大丈夫だよね？
そんなことを考えていると、啓吾から返事が来た。
〈俺も好きだ〉
……啓吾のそんな言葉に、頭が一瞬フリーズする。
なぜか“好き”という言葉に心臓が高鳴った気がする。
はぁ!?
どうして？　意味わかんない!!
っていうか、“寝ること”に対しての“好き”なのに、なに反応しているの!?
ちょっと睡眠不足で頭がカンちがいしちゃったのかなっ？

テヘッ。

まぁ、なにかのまちがいだよね。うん。

……私のバカヤロウ！

私だって、恋くらいしたことある。

だから、この胸の高鳴りに少しだけ違和感を覚えた。

もしかして……。

一目ボレ？

いや、待てよ？

一目ボレとか以前に、言葉しか見てない。

むしろ、一文字ボレ？

いやいやいや！

今まで告白されたこともあるし、彼氏だっていたことあるんだから！　エッヘン！

……そうじゃなくて。

ネット上の人に一目（一文字）ボレするほど、私は単純な女だったのでしょうか？

実際、現実の人に会って一目ボレするのとはわけがちがう。

自分で自分に驚いた。

——ピン。

あぁ、あの音は“恋”の知らせだったのかもしれない。

こんなことが本当にあるなんて、信じられないけど。

あっ！

ヘンな考えごとしすぎて、返事を忘れてました。

あわてて画面を見ると……。

〈俺、そろそろ落ちるわ〉

その文字がさびしく光っていた。

“落ちる”とはつまり、このチャットを終わることを意味している。

やっと頭の中を整理することができたのに、もうこの出会い、終了？

私の気持ちは無視!?

入力時間を見ると、それは３分も前に書きこまれていた。

とりあえず啓吾が退出した形跡(けいせき)がないことを確認して、急いで文字を打つ。

〈ねぇ、アド教えてよっ!!〉

今日の咲希はどうした？

なにがあった、俺!!　……いや、私!!

いつから私、こんなに積極的になったんだろう。

自分でも驚くくらい、啓吾と話したいという感情をおさえきれない。

このまま終わりなんて嫌だ。

こんなにひとりの人と話したい、という気持ちになったのははじめてだから、大事にしたい。

お願い、神様。

啓吾からの返事をください。

祈るような気持ちで画面を見つめると……。

――ピコンッ。

〈返事おせーよ〉

また胸の高鳴り。

これは、もう……きっと恋だ。

私って、じつはものすごく乙女なのかもしれない……。

私が反応するのを啓吾が待っていてくれた、と思っただけでドキドキ、ドキドキ。

心臓の中の誰かが踊りだす。

……心臓の中には誰もいないけど。

〈で、アド……ダメ？〉

おっと？

私、口調が弱まってない!?

恋のせいかな？

乙女って怖い……。

いや、私が乙女かどうかはまた別の問題なのだろうけど。

〈あぁ、べつにいいよ。
sky-heart××××@×××〉

えっ!?　いいんですか!?

しかも、そんな簡単に？

……悪用されちゃうかもよ？

まさかのオッケーに自分でもびっくりした。

画面を見つめる自分の顔がニヤニヤしているのがわかる。

でも、素直に喜ぶのはなんとなくはずかしくて、「まぁ、教えてくれたし、しょうがないから送るか」なんて、ねじ曲がり根性を丸出しにする私。

でも、言葉で嘘はつけても、自分の本当の気持ちにまで嘘をつくことはできないみたい。

神様、ありがとうございます！

ねじ曲がり根性の私でも、素直にうれしい。

〈ありがとう。じゃあ、あとでメール送るね〉
〈おう、じゃあな。おやすみ〉
　こんな、たった30分くらいの出来事だけど、確実になにかが変わっていくのを感じた。

＊　＊　＊

　そのあとは、なにごともなかったように夜の10時にパソコンを閉じ、宿題をして、お風呂に入って12時に就寝（しゅうしん）。
　……なにごとも、というのはまちがいでした。
　心臓の中だけは、いつもよりずっと大盛（も）りあがり。
　勝手に盛りあがんなよ、と思いながらも、感情をおさえられない自分がどうもくすぐったい。
　今日は、ドキドキやワクワクを一瞬の中でたくさん経験した。
　このまま今日、啓吾にメールしてしまったら、明日メールをするという楽しみがなくなってしまう。
　私は、好きな食べ物を最後に残すタイプの人間だから、明日に楽しみを取っておこうと思った。
「明日メールしてみよう」
　明日も啓吾との関係を続けられる、という小さな喜びを噛（か）みしめながら、忘れないよう小声でささやいて、さっさと寝た。
　……じゃないと、ドキドキして心臓がもたない。

コイツ、俺のだから

【咲希side】

——ピリリリリ。

起こしてくれていることに感謝しなければならない目覚ましの音にイライラしながら、ベッドからおりた。

寝グセのついたボサボサの髪(かみ)で階段をおり、頭を軽く洗って、洗顔して……いつもどおりの朝を迎(むか)える。

でも、今日はいつもとちがって朝からパソコンの電源を入れた。

どうしても……じゃなくて、なんとなく？　早くメール送りたかったから。

私が学校から帰ってきたとき、返事が来ていることを祈りながらメールを打つ。

今どき、ケータイがないのってすごく不便。

友達は持っている子も多いけれど、私はまだ買ってもらえていない。

何度も両親に相談してみてはいるものの、中学生にはまだ早い！と言われて終わり。

まぁ、もうそこは親のしつけだ、と開きなおるしかないけど。

でも、ケータイがあってもなくても、パソコンを使うのは変わらない。

私はケータイを持っていない代わりに、自分の部屋に自分専用のパソコンがある。

大画面で動画を見たり、チャットをしたり、ケータイではできないことができるというのは、すごく便利。

だから、これは両親に感謝しなければいけないな、と思っている。

メールの内容は、簡単に短く。

《昨日チャットで会った、咲希です。
返事待ってます》

送信！

今日帰って、返事来てなかったら、どうしよう……。

とたんに不安になる。

いやいやいや！

来ないとか、泣いちゃうよ？

……泣かないけど。そんなに弱くないし。

べつに、そこまでホレてないし？

どこまでも、強がりな性格の女を演じる自分は、なんとなくカッコいい。

ってことにしておこう。自己満足だけど。

そんなことを考えながら朝ごはんを食べて、歯みがきして、支度して、家を出た。

授業中も、友達といるときも、啓吾のことが頭から離れることはなかった。

どこに住んでるんだろ？

どんな人なんだろ？

頭の中は、啓吾に対する疑問ばかり。

思えば、たったの30分で彼のことを知るには時間が短すぎた。

好きな人を想ってキラキラしている女の子たちは、いつもこんな気持ちなのかな。

結局、６時間の授業の間、５時間56分は啓吾のことを考えていたと思う。

学校にはたくさんの友達もいて、日々楽しい生活を送っている普通の中学２年生。

中学生じゃ恋は早いって言う人と、もう中学生なんだから、って言う人と、意見が分かれるだろう。

それでも私は、中学生でも恋をすべきだと思う。

せっかく中学生になれて、小学生の頃より少し大人になった。

男の子がカッコよく見えたり、友達の女の子が私より大人になったように見えたりする。

だから私たち、中学生でもきっと恋をしてキラキラできると思うんだけどなぁ。

そんなことを考えながら、ポツンポツンと降りだす雨を放課後の教室の窓からボーッと見ていた。

でも、実際は雨じゃなくて、雨が降ってきて忙(いそが)しそうな野球部を見ていた。

屋根のないグラウンドで部活をやっている野球部のみん

なは、突然の雨にアタフタ。

それでも、キャプテンとか上級生はテキパキ行動していてカッコいいな〜、なんて。

そんなどうでもいいことを考えていた。

でも、じつは“あの日”から、野球部は少しだけ苦手。

あれはちょうど１年前。

中学生になりたてだった私は、野球部の同級生に告白されて付き合うことになった。

小学生の頃から好きだった相手なだけに、両思いになれてすごくうれしかった。

だけど､まだ中学生になったばかりで恋愛に慣れていない私たちは、うまく気持ちを言葉にすることができなかった。

ふたりで帰っていても、はずかしさのあまり沈黙が続いたりした。

そのまま１ヶ月が過ぎ、このままでいいのかな、と不安になりはじめた頃、その彼に好きな人ができたという噂(うわさ)が回ってきた。

そして、彼からなんの言葉もないまま、私たちの関係は終わっていった。

私のはじめての彼氏との関係は自然消滅(しぜんしょうめつ)に終わり、そのまま今も野球部の彼とは目も合わさなくなった。

少し暗くなった感情をおさえ時計を見ると、部活はとっくに始まっている時間だった。

「部活サボろうとしてる子〜、だぁ〜れだっ!!」
同じバレー部で同じクラスの幼なじみ、夏美の大声が廊下に響く。
元カレのことを思い出して少し落ちこんでいたから、部活に行く気分ではなかった。
だけど、そんな理由でサボるわけにもいかないので、夏美の声に従って仕方なく部活に行くことにした。
夏美に引っぱられつつ部活に出て、マジメにボールと仲よしする。
「おい、一瀬！　上の空だろ！　ダッシュ10本追加！」
私たちがランニングしていると、体育館に監督の声が響く。
なんでバレたんだろう……。
元カレのことで落ちこんでばかりはいられない。
帰ったら啓吾から返事が来ているかもしれないし……！
気を取りなおして、私は10本追加でダッシュした。

部活が終わるなり、私は急いで学校を出る。
パソコンの中のメールが気になる。
あぁあああああ!!　早く帰りたい！
ダッシュで家に帰ると、急いで靴を脱ぐ。
いつもならちゃんと言う「ただいま」が私から聞こえないからか、お母さんはちょっと驚きながら、「おかえり」と声をかけてくれた。
ごめん、お母さん！　私、今それどころじゃないんです！
最大の危機!!

ひとりで悲劇のヒロインぶりながら、急いで階段を駆(か)けあがり、パソコンを立ちあげると……。
“新着メール３通”
え、３通？
迷惑(めいわく)メールかなぁ。
３通も面倒(めんどう)だなぁ、とか思いながら……その中の１通がヤツなのではないかとワクワクしながら受信ボックスを開く。
「…………」
面倒だと思ったことを訂正(ていせい)する。
16:22　夏美
13:24　夏美
11:03　啓吾
夏美から、２通も……。
あれ、夏美また宿題をメモり忘れたのかな？
夏美はすごくしっかりしていて、面倒見もいいんだけれど、勉強に対してやる気がない。
週に３回は、黒板に書かれた宿題をノートに書き忘れて私にメールしてくる。
ここまでくると、本当に忘れているのか、書くのが面倒なだけなのか、わからないんだけど。
と、思ったのと同時に……啓吾から来てるっ!!
それだけでテンションがあがってしまう私は、なんて乙女なんだろう。
いや、“乙女（オツ、オンナ）”で、早とちりなオツカレな女、かもしれない……。

返事が来たことだけで頭がいっぱいでうれしかったけど、それよりも受信時間が気になった。
午前11時？
啓吾のアドレスもパソコンのものだったのに、どうしてこんな時間にメールが送れるんだろう？
彼の学校は休みだったのかな？
夏美からのメールは、やっぱり《宿題教えて！　至急！》という内容だった。
帰ってきたばっかりなんだから、そんなに急かさないでよ！
ていうか、学校で会ってたんだから、直接聞けばいいのに。
早々に夏美への返事を終えて……いよいよ、啓吾のメールを開く。
開く前から私の気持ちは大騒ぎ。
どんな返事かな？
たかがメールの返事なのに、うれしい気持ちが私を舞いあがらせていた。

《メールどうも、よろしく》

……そっけない。
だが、許す。
私は簡単な女だよ、まったく。
もう、返事さえあれば幸せだと感じた。
私はすぐに返事を打つ。

《今日は、チャット来る？
私は行くから、来るんだったら夜８時に昨日のところ！》

なかば強制な気もするけど……許してねっ？　えへ。
自分の“痛い”性格に目をつぶる。

《りょーかい》

啓吾からの返事を確認して、パソコンを閉じた。

それから急いでご飯や宿題を済ませ、８時にチャットに入った。
すると、すでに啓吾がいた。
よかった、約束を守ってくれたんだ。
メールはそっけなかったけれど、こういうところは優しい。
もしかして、啓吾も私ともう少し話したいって思ってくれてたりするのかな!?
でも、入室してみると今日は啓吾以外の人もいた。
〈こんばんはー〉
あいさつすると、たくさんの人からの返事があった。
……なんだ、ふたりきりじゃないのか。
邪魔（じゃま）しないでよね。
ふたりきりじゃない空間に、理不尽（りふじん）にも不機嫌（ふきげん）になった私は無言になった。
啓吾は、他の人たちと楽しそうに会話している。

私には見向きもしない。

さっきまで、啓吾も私と話したいのかも？と思っていたことが、ひどくむなしくなった。

……なんだ、啓吾にとって私は、チャットの大勢いる中の“ひとり”にすぎないのか。

私は、その会話にうまくなじめなくて、無言になるしかなかった。

すると、状況（じょうきょう）は悪化する一方。

私の「啓吾と話したい」という一方的な気持ちは、行き場を失うばかりだった。

今日のチャットメンバーたちは、いかにも前から啓吾を知ってそうな人ばかりで……まさにその部屋の“常連さんたち”だった。

啓吾をあわせたそのヘンな“組織体”は、私ひとりを置いてきぼりにする。

私はすごくさびしくなった。

こういうときは、いつもなら部屋を移動して居場所（いばしょ）を探そうとする。

だけど、啓吾と話したいという気持ちがあって、部屋を移動したくはなかった。

私が啓吾とチャットで話す約束をしたのに……。

啓吾も、私と約束したからここに来てくれたんだよね？

早く話したいのになぁ……。

素早く文字が流れる画面を、ただボーッと静かに見ていた。

……すると、なんの反応もなかった啓吾から私へチャットが飛んでくる。

〈おい、咲希？〉

　おい、ってなによ!!

　とは思わなくて、私が無言なことに啓吾が気づいてくれたことがうれしくて……〈ん？〉と、即答してしまった。

　が、すぐに後悔。

〈俺がかまってやんねーから、さびしいわけ？笑〉

　貴様は俺様野郎かぁ！

　っていうツッコミもむなしく……。

　あまりにさびしさを感じていた私は、〈そうかもね〉と正直に答えた。

　“かまってほしい”という気持ちが正解だった割には、遠まわしな言い方になったけど……。

〈じゃあ、かまってやるよ。
俺がいないと、なにもできねぇしな？〉

　なんでこの人、こんなにえらそうなんだろう。

　もし、他の人に言われていたら、すごくイラッとする言葉だ。

　だけど、啓吾に言われると……なんとなく、このＳさは居心地がいい。

　啓吾がどこまで本気で言ってるのかはわからないけど。

〈うん。啓吾いないとなにもできないよ。笑〉

　だから私も冗談まじりの言葉で、啓吾を惑わせようとする。

　でも、私は本気だったりして……。

　完全に……堕ちた。

啓吾に、私が、恋に落ちるってやつ。

はずかしながらも、私は画面の中の人に恋をした。

他の人はどう思うかな……。

早すぎる？

バカにする？

笑う？

でも、恋に落ちるのに時間は必要ないっていうし。

会ったことも、直接話したこともない人だけど……。

気になって仕方なくなるこの気持ちは、“恋”以外になんて名前をつければいい？

私はこの気持ちは本物だと思った。

だから、第三者的な言葉は聞かないでおこう。

すると、啓吾と私の会話を見ていた他の人たちが声をかけてきた。

〈あれ？　俺ら、お邪魔～？〉

〈よし、出ていくかーっ〉

〈仲よくしろよな！〉

と全員綺麗に立ち去った。

……気が利くじゃない？

嘘です。

ありがとうございます。感謝。

やっと、ふたりで話せる！

今朝メールを送ってから、ずっとこのときを待っていたから、すごくうれしかった。

でも、よく考えたら私のせいで、みんないなくなったわけでして。

啓吾に迷惑かけたってことだよね？

とりあえず、謝ろう……。

〈ごめんなさい〉

私、こんなに素直だったっけ？

私ってば……好きな人には弱いみたい。

〈なにが？〉

〈私のせいで、みんないなくなったよ……〉

〈あぁ、いいよ笑　あいつら、うるせーしな。

ってゆーか、腰いてぇ〉

気にしていないみたいで、心底ホッとした。

しかも、啓吾のくせに（？）気を遣ってくれたのか、話題を変えてくれた。

〈えぇ（笑）なんで腰？　もうオジサン？〉

本当は腰が痛いからオジサンっていうわけでもないんだけれど……。

啓吾に劣らず私の中にも潜むソフトＳは、好きな人の前でも消えないらしい。

つい、啓吾に意地悪したくなっちゃう。

〈ちっげーよ笑　背もたれがないんだよ〉

〈え？　背もたれ？　どういう意味？〉

〈俺の部屋のイス……イスに“背もたれ”がないの。理解できない？〉

〈理解できない？〉ってなによ。完全に私をバカにしてる。

さすが啓吾、ソフトＳにＳで返す作戦ね。

〈んーじゃあ、私が背もたれになってあげよーか？笑
啓吾のところ、向かってあげよーかぁ？笑〉
　冗談半分にそんな返事をしてみる。
〈おう、じゃあ神奈川まで来いや〉
　キュン。
　Ｓっぽい言い方にキュッとなる胸を押さえて、冷静に神奈川に住んでるんだ〜、って思った。
　私の住んでいるところからはすごく遠いから、会えないのかな？
　会おうなんて約束したわけでもないのに、遠く離れていることを残念に思った。
〈じゃあ、私がずっと背中にいてあげるよ〜。支えてあげる〉
　ヘンな意味じゃないし、深い意味でもないよ？
　啓吾はどう取ったかわからないけど。
〈じゃあ、早く来いよ〉
〈行きたいー〉
　そんな、付き合いたての遠距離カップルみたいな会話を繰り返す。
　実際のところ、啓吾は背もたれがなくて不便がっているだけなんだけど。
〈はぁ、本当、背もたれ欲しい笑〉
　あまりに何度も背もたれのことばっかり言うもんだから、チャットしているのがつらいのかな？と心配になった。
〈痛いなら、無理しなくていいよ〉
　って声をかけたけど、本当は嫌だ……。

せっかく、ふたりきりになれたのに。

でも、啓吾も同じ気持ちなら……。

“大丈夫”って言ってくれるよね？

そう願っていると……。

〈おう、じゃあそろそろ落ちるわ〉

啓吾はいつも私の想像のななめ上の返事をしてくる。

〈え、ダメ……〉

腰痛いくらい我慢(がまん)してよ、もう少し話していたいの。

そう打つことはできなかった。

だけど、そんな私の気持ちを〈ダメ……〉に込めて送信した。

〈嘘だよ笑
咲希、引っかかりやす！　オモシロ〉

はい……？

嘘だと？

ホント、意地悪。

……だけど、うれしいから許す。

こうやって、啓吾の一言一言に一喜一憂(いっきいちゆう)する私は、返事が遅くなる。

でも啓吾は、私の言葉が出るまで毎回待っててくれる。

それも、なんとなく……安心できる。

だから、そんな啓吾に甘えて言葉をゆっくり探していると……。

〈こんばんは〉

……邪魔者キタ――――!!

いやいや、ここは私ひとりの場所じゃないから、どちらかといえばＫＹは私か。

〈こんばんは〉

言葉が浮かばなかったため、啓吾に対する返事よりもその人へのあいさつを優先する。

〈キミ、何歳？〉

〈女の子だよね？〉

〈写メ見せてよ〉

〈お話しない？〉

〈エロい？〉

連続で投稿されるヘンタイな文字たち。

キモッ。

質問攻め、気持ち悪いです。

やめてください、私ヘンタイじゃないんですけど。

あきれるって、こういうことなんだ。

私はこのヘンな人が部屋を出ていくまで、無言を貫くことにした。

すると、啓吾が一言。

〈コイツ、俺のだから笑〉

……はぁ!?

〈はぁ!?〉

いや、この画面に映った文字は私じゃない。

私はあくまでも黙って画面を見つめているだけ。

つまり、“ヘンタイ野郎”が打った言葉だ。

いやいや、私も「はぁ!?」だよ!!

　というか私、さりげなく“俺のモノ宣言(せんげん)”されてる!?
　ここ、喜ぶべきですか？
〈はぁ？　お前の彼女でもないのに独占欲(どくせんよく)？〉
　喜んでいた私の気持ちは、ヘンタイ野郎の一言で冷めた。
　うん、そうだよね。
　啓吾も深い意味はないんだろうな。
　ただ、助けてくれただけだよね。
　でも、彼女ではないけど、好きになってしまったんだよ。
　啓吾のことを想う私には、痛すぎる。
“彼女でもないのに”
　この言葉は、つらいよ。
　なんだか、急にむなしくなった胸の奥には見て見ぬフリをして画面を見た。
　そこには、なぜか信じられない言葉が１、２、３……４行。
〈うるせえな。お前には関係ないだろ。
コイツは俺のだ、って言ってんの。
お前のじゃないから。
勝手に口出して、イジんなよ？〉
　キュン。
　あぁ、まただ。
　啓吾の言葉に私の心臓は跳(と)びはねるばかり。
　画面上の文字なのに。
　信じていいのかどうかすらわかんないのに。
　今までのどんな言葉よりうれしかった。
　知ってる？

“俺の”なんて言われて、うれしくない女の子なんていないよ。

それがどんなに軽い気持ちであっても。

ヘンタイ野郎はそのまま無言で落ちた。

〈あの……ありがとう〉

ヘンタイ野郎を退治(たいじ)してくれたことに対する感謝を述(の)べる。

〈おう〉

このままだとまた沈黙が続くと思ったから、すぐに質問する。

〈俺のモノって？　どういうこと？〉

私のこと、少しでも特別だと思ってくれてるから、そういう風に言ってくれたのかな？

俺の、という言葉の意味がすごく気になった。

〈お前、俺の背もたれだろ？
背もたれいなくなるとか、超だるいじゃん〉

返事が来た瞬間、うぬぼれてた自分に「はずかしいヤツめ!!」と１万回は連呼(れんこ)したくなった。

しょせん、私は啓吾の背もたれ。

たかが背もたれ。

背もたれは、新しいイスになれば仕事を失います。

けど、たとえ背もたれだとしても、啓吾の“俺のモノ”宣言にうれしくなってしまう。

私は少しでも、キミの“特別”になれたかな？

でも、それと同時に、いかにも「私のこと好きなの？」

みたいな質問をしてしまったことに後悔。

冷静になると、急にはずかしさがこみあげてきた。

とんでもないカンちがい野郎で、とんでもない恥(はじ)知らずだな、と思った。

さっきの人に“ヘンタイ野郎”ってあだ名をつけたけど、そんな私も十分カンちがい野郎だ……。

〈ふん！　私はどうせ、啓吾の背もたれですよ！〉

少しくらい、背もたれから離れて、ひとりの女の子として見てくれてもいいのに。

〈なに？　すねてんの？　可愛い背もたれだな〉

また背もたれ扱(あつか)い……。

だけど、可愛いという言葉ひとつで許してしまう。

〈もう！　人間だってば！〉

いつになったら、私は啓吾の背もたれから人間になれるのでしょうか……？

そんなことを考えていたら、ウトウトしてきていつの間にかイスに座ったまま寝てしまった。

俺のお願い、聞いてくんない？

【咲希side】

次の日。朝起きると、私はまだパソコンの前にいた。

しかも、まんまと寝坊(ねぼう)した。

目覚まし時計のバカ。啓吾のバカ。

啓吾との話に夢中になって、寝るのが遅れて、さらに目覚まし時計が鳴らないという今朝の悲劇。

あれ、よく考えたら、啓吾に最後なんて送ったっけ？

私、おやすみって言ったかな？

まぁ、いいや！

学校に遅れそうと思いながら、昨日の“俺のモノ”というカンちがいを思い出しては、顔が赤くなる。

恋ってこんなものなのか……。

なんだか、恋愛初心者みたい。

こんなに人のことが気になって、頭がいっぱいになるのは、はじめてかも。

野球部の彼氏と付き合っていたときはまだ、恋愛ってよくわからなくて。

お互い子どもで、“付き合った”ってほどのことはなにもしていなかった。

手を繋(つな)いだときに、少しドキドキしたのを覚えている。

その人にドキドキしたわけじゃなくて、“彼氏”と出かけて手を繋いだ、という事実にドキドキしたんだと思う。

手を繋いだくらいの関係を“彼氏”と名づけていいのか躊躇(ちゅうちょ)する気持ちもあるくらいだった。

あの時間は、“あの人を好きだった時間”が楽しかったのかもしれない。

“恋してる自分”に恋してた？

恋愛ってキラキラ輝いて見えたから、大人の階段をのぼったみたいでうれしくて、彼氏がいただけで居心地がよかった。

中学校に入って間もない頃だったし、彼は小学校からの幼なじみだったから。

今ならもう少し、お互いちゃんと向き合えるのかもしれない。

いろんなことがはじめてで、あのときは自分のことで精いっぱいだった。

でも……今のこの感情は、そんな自分が好きなんじゃなくて、自分に恋してるんじゃなくて、啓吾っていうひとりの異性(いせい)に……。

啓吾という、ひとりの人に……。

って……大事なことを忘れていた。

啓吾さん……あなた男ですよね？

いや、今さら……ですけども。

たまに、チャットでは性別を偽(いつわ)っている人もいる。

ネットだけの関係だから、誰も気づかない。

だけど、こんなに啓吾のことを好きになってしまっているのに、女の子だったら……。

「私、女だよ？」なんて言われたら、はずかしい。
今さら、好きという気持ちは消せないよ？
いけない。
いろんなことを考えていたら、ますます学校に遅刻しそう。
急いで準備をして学校に向かった。

「今日、朝から元カレのこと思い出しちゃって」
昼休み、夏美に今朝のことを話す。
「ホント、咲希ってばしつこいよ～？　あんなの、忘れちゃえばいいのに！　というか！　ちゃんと今日は時間どおりに部活来なさいよ！」
相談するつもりだったのに、説教を食らってしまった。
「わかりましたよ～」
嫌々返事をして、午後の授業の準備をした。

部活が終わり、家に帰ってすぐに、パソコンを立ちあげてメールチェック。
新着メール、１通。
差出人は……啓吾から！
単純な私は、“啓吾”という文字を見ただけで、すごく満足。
一日分のテンションがこのとき、この瞬間にすべて集まってきたかのような勢い。
でも、女の子ってこんなものだよね。
みんな恋すると乙女になるんだもん。

なんか、そう思うと女の子って可愛くない？
女の子に生まれたってだけで、得した気分になる。
いつもはガサツで、うるさくておしゃべりな私だけど、こういう自分の一面を見つけられたことに少し感謝。
啓吾からのメールには、こう書かれていた。

《昨日、勝手に落ちただろ》

忘れてた。
昨日、パソコンも消さずにチャット中に寝ちゃったんだ……。

《あ、ごめん！　すごく眠くて……》

そう返事をすると、5分もたたずに返事が来た。

《そうか。ってか、そういえば、どこに住んでんの？》

啓吾は神奈川って言ってたよね？

《私は石川県だよー。石川県って知ってる？》
《へえ、結構遠いじゃん。バカにすんな、知ってる》

大都会、神奈川からしたら石川県は田舎（いなか）だから、知らないと思っていたけれど、啓吾が知っててうれしかった。

でも、もっと近かったら、すぐに会ったりできたのになぁ。

そこから私は啓吾のことを知るために、いろんな質問をしようと考えた。

まずは……部活のことを聞いてみた。

《サッカーとバスケしてる。咲希は？》

“サッカー”と“バスケ”って、男の子っぽいよね!?

いや、女の子でも十分ありえるけど。

《カッコいいじゃんっ。
私も、小学校のときミニバスケしてたよ。
バスケ、超楽しいよね。
私は今はバレーボールしてる！》

小学校の頃に４年間続けていたバスケへの愛をおさえきれずに、普通の返事をしてしまったけど……。

女の子って普通、《わぁ。カッコいい！　私、スポーツ苦手だからできないし……今度教えてね？》みたいな感じになるのかな？

《あー、そうなんだ？　俺もバスケ好き。
ってか、サッカーは顧問といろいろあって……そろそろやめるつもり》

え？　やめちゃうんだ。

でも、私にはどっちだってよかった。

なにかをがんばる姿は、どんなことをしていてもカッコいい。

生活の中でなにかうまくいかないことがあったなら、仕方ない。

深く追及（ついきゅう）するのはやめよう。

《そっか……なにがあったかわからないけど、バスケだけでもがんばってね》

《咲希は今、なんでバレーしてんの？
バスケ、好きなんだろ？》

《小学校まではバスケをしてたんだけど。たまたまうちの中学校には女子バスケがなくて……。
だからバレーは、まだ初心者。
全然うまくないから怒られてばっかだよ》

《スポーツ女子いいじゃん。部活がんばれよ》

啓吾にほめられて、バレーもがんばれそうな気がする。

そのあとは、犬は好き？とか、好きな食べ物は？とか、プロフィールみたいなことを聞いた。

啓吾は、私のどんな単純な質問にも丁寧（ていねい）に答えてくれた。

好きなものや、趣味がわかってきて、そこからいろいろな話ができた。

《私、犬を飼ってるんだけど、写真見たい?》
《え、どんな犬? 見たい》

私も啓吾も犬好きだということがわかったから、好きな話で盛りあがることができた。

《ほらぁ、見て! 可愛いでしょ?》

《うわ、可愛い! てか、デカいな。
俺の家にも、ちっさい犬がいるよ》

そんな会話を数日間、メールで続けた。
お互いの時間が合わなくて、チャットに行ってリアルタイムでの会話は少なかった。
だけど、そんなことは私にとっては問題ではなくて、啓吾と一日1通のメールでも会話できることがうれしかった。
いつもなにをしてるか、とか、どんなことが好きか、とか。
啓吾のことをたくさん聞いて、私のこともたくさん話した。
そんな風に連絡を取りつづけているうちに、私はますます啓吾のことが好きになっていた。

それから、1ヶ月ほどたったある日。

《明日さ、サッカーの練習試合なんだよ。
もし、俺のチームが勝ったらひとつだけ、俺のお願い聞いてくんない？》

いつもどおりの、他愛(たあい)のない会話の中のひとつだった。
なんで、私が啓吾のお願いを……？
そんな気持ちもあったけど、とくに深読みはしなかった。
でも、こういう質問されると、女の子ってヘンな期待しませんか？
私だけでしょうか……。
高鳴る心臓を押さえつける。
期待しすぎると、あとでなにもなかったときに落ちこむ。
そう自分に言い聞かせて、なんとか落ちつかせるけど……。
久しぶりに、胸の中でまたなにかが踊りはじめる。
でも、今まで啓吾からは“好き”ってアピールは、メールの中でもいっさいなかった。
だから、私の一方的な想いなのは、私が一番理解していた。
それに加え、ネット上で仲よくなった人に好意を抱(いだ)いているっていううしろめたさから、啓吾に“好き”という気持ちを伝えることは考えもしていなかった。
ネット恋愛って世間にいいイメージを与えていないのはわかっていたし、私自身、仲のいい夏美にすら、この気持ちを話すことはできなかった。
ただ、一度期待した気持ちをおさえることはできなかった。

《お願いの件、いいよ。試合がんばれ》と、返事をして、その日は眠りについた。

夜もドキドキ、朝もドキドキ。
せっかくの休日だというのに、一日中頭の中で「啓吾のお願いってなんなんだろう？」という疑問がグルグル駆けめぐっていた。
昼間は試合中だから、返事は来ないとわかっているのに、何度もパソコンでメールチェックをしていた。
そして、夜９時半……。
何度も何度もチェックしていたメールボックスに、ようやく１通のメールが届いた。

《よ、今日勝ったよ。
お願いごと聞いてくれるよな？笑》

なんて意地悪な言い方をするんだろう。
早く教えてくれればいいのに……。
でも、そんな啓吾の言い方に私は弱いんだろうな。

《お疲れ様。勝ってよかったね！
うん、もちろん聞くよ》

どんな返事が来るんだろう……。
ドキドキしながら待つ。

《じゃあさ……》

それだけ？

メールなんだから、引っぱらないでよ！

啓吾って、こういうときにかぎってメールの返事がかなり遅い。

私のこと、焦(じ)らしてるの？

そして、やっと来たお願いの内容は……。

《ケータイ買ってくんねぇ？

今どき持ってないと、不便。

でもさ、子どもケータイはやめろよ？

アレってＧＰＳ(ジーピーエス)機能ついてるよな？

咲希に、もしかしたら監視(かんし)されるかもってことだろ？

それだけは、無理。

つか、お前バカだから、お前に監視されても意味なさそうだな。使い方わかる？

俺が逆に監視しないとな笑　アホだし》

——ガラガラガラ。

私がブロックとなって音を立てて崩(くず)れていくのがわかった。

これがまさに人間ブロックです。

……って、なに言ってるんだろう。

つまり、啓吾にケータイを買えということ……？

まさかの内容に、なんと送ればいいのか……しばらく頭の中はまっ白だった。

またもや、私は素晴(すば)らしいカンちがいをしてしまっていたらしい。

恋する乙女（オツ、オンナ）の思いこみは相当激しい。

ここで《俺の彼女になってほしいんだよね》とでも送ってきてくれれば、私と啓吾の恋愛ドラマが始まるのに……。

そしてハッピーエンド。

でも、そんなに現実はうまくいかないか。

だから、あれほど期待するな、と自分に釘(くぎ)を刺(さ)していたのに……。

心のコントロールというのは、難しい。

呆然(ぼうぜん)と何度も画面を見直したけど、何度見ても現実は変わらなかった。

そして一日中、期待して待ったバカな自分を思い出して「はぁ～」とため息をついた。

《ケータイ……って。
親に買ってもらえばいいよ。
私だって欲しいのに。買ってあげない》

くやしくて、さびしくて、なんとも言えない気分で少し冷たく返事をした。

いつもはバカにされるのも、なぜかキュンときたりするのだけれど、今日ばかりはムッとした。

今まで普通にメールしてただけなのに、いきなり私の片思いが叶(かな)うわけないか。

そこからは、啓吾からの返事は早かった。

《親に言えないから、咲希に言ってんだろ笑》

さっきまであんなに返事を焦らしてたくせに……。

啓吾にとっては普通のやりとりなんだろうけど、私は啓吾の言葉にいちいち左右される。

《子どもケータイ買って、啓吾をずーっと監視してやる！》

不機嫌な私の強がりは、これが精いっぱいだった。

《だっはー一笑
ぜってーいらねぇわ。
……じゃなくてさ、俺のモンになんねえ？》

出ました！　“だっはーー”。

って、そこじゃない！

ツッコミ場所ちがう、ちがう……。

“俺のモン”

そ、そ、そ、それって……。

つまり……。

私が、啓吾の彼女になるってこと？
どうしよう、でもまたカンちがいかもしれないし……。
背もたれとして、と言われるかもしれない。
そう思ったら、啓吾の言葉をしっかり聞くまでは期待したくなかった。

《私が？》

あまりに短い返事だけど、啓吾は理解してくれるはず。

《決まってんだろーが。
他になにがあるわけ？笑
咲希って、やっぱりバカだな》

……たしかに私はバカだけど、それじゃああまりに言葉足らずじゃないですか？
ずっと片思いだと思っていた。
啓吾が私のことをそんな風に見てるなんて、思ってもいなくて……。
だから、啓吾の言葉が“彼女”を意味しているのかもわからない。
信じられない。

《それって……私が啓吾の彼女になるってこと……？》

《何回も言わせないでくんない？
そうだ、って言ってんじゃん。
なるの？　ならないの？》

……こんなときまで、すごく意地悪！
でも、うれしくないわけないでしょう……。
そんなの、なるに決まってる。
でも、ひとつ引っかかることがある。
この先、誰にも話さないでいようと思っていたことだけど、きっと啓吾ならわかってくれる。
わかってくれなかったら……また片思いすればいい。

《私、じつは元カレと自然消滅してるの。
あのときは、ふたりとも幼くて付き合うことに慣れていなかったから、仕方なかったのかなと思うんだけど……。
今となっては、その人のこと好きって思ったりすることもない。
だけど私にとって、その人が付き合ったりすることがはじめてだったから、悲しい思い出になってる。
でも、私も啓吾が好き。
だから、啓吾の隣（となり）にいたい。
こんな私でいいなら、付き合いたいです》

返事が来るまでの間、ドキドキが止まらなかった。
もし、部屋に人がいたら、この音が聞こえてるんじゃないかっていうくらい、心臓がバクバクバクバク暴れていた。
幸いにも、部屋には誰もいないし、もちろん誰にも聞こえていない。
何度も受信ボックスを更新(こうしん)してメールを待つ。
……すると、メールが来た。

《マジ、うれしいんだけど。
え、マジでいいのか!?
あとから冗談とか言うんじゃねーよ笑
……ぜって一大事にするから。
咲希のこと、幸せにするから。
俺は、自然になんか消滅しねぇし、咲希の気持ち、ちゃんと受けとめるから》

え……どうしよう、うれしい。
喜んでくれているであろう啓吾の顔を想像しただけで、自分の顔がほころぶのがわかった。
啓吾となら、幸せになれる。
絶対に離れないっていう自信がある。
ネット上でしか繋がっていないけど、好きっていう気持ちは他の誰よりも強いと思う。
普通のカップルは、画面上の文字を見たくらいじゃドキドキしないでしょ?
私は啓吾の文字だけで、啓吾の表情が浮かんでくる。
遠距離だから、不安なこともたくさんあると思うけど、信じたいと思った。

啓吾には絶対に嘘をつかないでおこう、って思った。

誰よりも一番に信じてもらおうって思った……。

空、見てみろよ

【咲希side】

私はそれから、過去の恋愛の不満を啓吾に全部話すことにした。

去年、付き合っていた野球部の人は、小学生のとき同じバスケットボール部で、それぞれ男女のキャプテンを務めていた。

チームのことや練習のことをよく相談するようになって、小学6年生のときにお互いを意識しはじめた。

そのまま小学校は卒業して、同じ中学に入学した。

男女ともバスケットボール部がなかったため、私たちは一緒に話すことはなくなっていった。

だけど、小学校の頃から私たちを知っていた周りの友達がはやしたてて、その彼が私に告白することになり、私はその人と付き合うことになった。

だけど、そのあとは、バスケという共通の話題がなくなり、付き合っているのに自然と話をすることは減っていった。

そして、彼に他に好きな人ができたっていう理由でフラれた。

彼とは、ちゃんとした恋愛をできていなかったことは、私にもわかっていた。

告白も、友達に流されてしてくれただけかもしれないし。

自然消滅になっても仕方のない、弱い関係だったのかもしれない。

私にとってははじめてできた彼氏で、きちんと向き合っていたつもりだった。

でも、相手には伝わっていなくて、だんだん話すことが減って連絡が取れなくなっていった。

彼は隣のクラスだったけれど、まだ中学生になりたてだった私には「メールの返事返してよ！」の一言が伝えられなかった。

そのうち、友達から『咲希の元カレ、好きな人できたんだってさ～』って聞いて、すごく悲しくなったのを覚えている。

せめて、その気持ちは彼から直接聞きたかった。

彼がなんのアピールもしない私をどう思っていたのかは、わからなかった。

けど、付き合っていたという事実でさえも、嘘みたいに消えていった気がした。

自分のなにが悪くて、彼が私のことを好きじゃなくなったのか、わからないままだった。

だから、私は別れてからは、自分を責めることしかできなかった。

もう少し、私が彼のことを考えられていたら……こんな嫌な終わり方をしなかったかもしれない。

気持ちを言葉にできていれば、伝わったかもしれない。

恋に恋していた自分は、相手のことをちゃんと見られていなかったのかもしれない……。

そんなことばかり考えて、自分を追いつめれば追いつめるほど、新しく好きな人を作るのが怖かった。
そのことを全部、メールで伝えた。
いつの間にか、啓吾の気持ちが私からなくなってしまうのではないか。
そんな不安を抱えたまま、啓吾の彼女にはなりたくなかったから。
こんなことを伝えたら、はじめから重いヤツだなと思われて、嫌われてしまうかもしれない……。
啓吾からの返事が来るまではとても不安だった。

《咲希は悪くねぇよ。
自分のことそんなに追いつめるなよ。
俺はお前から離れていかねぇし、ずっとそばにいる。
嫉妬(しっと)だって全部受け入れてやる。
束縛(そくばく)だってなんだってしろ。
好きっていう気持ちは変わんない。
俺の気持ちを隠したり、いつの間にか咲希の前からいなくなったりとかしないから。
だから、ちゃんと咲希も俺に気持ちをぶつけろよ？
咲希は、俺のモンだろ？》

だけど、啓吾からはこんな返事が来た。
友達に話しても、「たかがそんなこと」とバカにされるかもしれない。

もしかしたら、私がトラウマになっていたことは、この先、誰にも理解されることはないかもしれない。

私がおかしいのかもしれない。

そんな感情がモンモンと渦(うず)巻き、少しずつ私を押しつぶしていた。

でも今、啓吾に伝えることができて本当によかった。

こんなに軽い気持ちになるなんて……。

……あぁ、この人なら。

この人となら、一緒に幸せになれるって思えた。

最後の、「俺のモン」って言葉に、妙に落ちつきを感じた。

啓吾になら、私の不安をすべて預けられる、と思ったんだ。

気づくと、あふれる涙(なみだ)が止まらなくなっていた。

悲しいわけじゃなくて、うれしくて、安心して、自然と涙が出た。

伝えたい感情は湧(わ)きあがってくるのに、語彙力(ごいりょく)が乏(とぼ)しい私は、この感情をうまく言葉にできなかった。

それに、この多くの想いを“言葉”にして完結させてしまうのは、もったいないとさえ感じた。

《ありがとう。大好き》

だから、いつも以上に、この簡単な言葉に気持ちを込めて伝えた。

はじめて、ここまで人を信じることができた。

はじめて、ここまで人を想うことができた。

《俺も。……って、超はずかしいな。
俺、バカみてぇ笑
なぁ……空、見てみろよ。
笑ってる》

急いで部屋の窓を開けて、空を見あげた。
そこには、にごりのないまっ青な空に、ふわふわと雲がいくつも浮かんでいた。
“笑ってる”
啓吾がそう教えてくれた意味がわかる気がする。
綺麗な空って、笑ってるように見えるんだ。
はじめてこんなに空を綺麗だと思えた。
今まで、じっくりと空を見て考えることなんてなかった。

《超綺麗じゃん!!
でも、なんでわかったの？
こっちの空が綺麗ってこと……》

《住んでる場所がちがっても、俺らは、たったひとつしかない空の下にいるだろ。
地域によって天気がちがっても、見てる空は結局、一緒だろ？
空は綺麗なんだよ。
俺、空が晴れてると、その日はたくさん笑える。
雨が降ってると、自分も同じ気持ちになってやろうって思って、傘(かさ)なんて差さないで学校行く。
いっつもベタベタになって“空も、つらいんだよな”って実感してた。
今日は俺、超笑えてるんだよ。
咲希のおかげで、笑えてるんだよ。
だからさ、咲希の上の空も、ぜってー綺麗だと思った》

……あぁ、啓吾の言葉は、どうしてこんなに綺麗なんだろう。
どうしてこんなに、私の心に突き刺さるんだろう。
いつも、私の想像のななめ上の言葉が舞いおりてくる。
啓吾にとって“空”は、きっと特別で大事なものなんだろう。
メールアドレスに“sky(スカイ)”と入れるほどだもん……。
それを私に教えてくれたこと、この幸せを私は忘れないと心に誓(ちか)った。
啓吾が大切にしてるものは、私も大切にしたい。

空が笑うから、キミも笑う。
キミが笑うから、空も笑う。
私たちは同じ空の下。

そういうことだよね。
私たちはずっと近くにいる。
距離なんて関係ないんだね。

私は、この日から空を見るのが日課になった。

空を見れば、今の啓吾の表情がわかるようで。

晴れの日は、たくさん笑った。

そうすると、気持ちも晴れた。

雨の日は、できるだけ傘を差さなかった。

曇(くも)った空に向かって……心の中で声をかけた。

「元気出せよっ!!」

啓吾と私の繋がりは、この広い“空”。

空を見れば啓吾の表情がわかるし、きっと啓吾も私のことを想って空を見てくれているはず。

同じものを、同じ空間で、同じ時に見られるって、奇跡(きせき)みたい。

そんなことを感じられるのは、遠距離恋愛のよさだと思う。

会いたいなって思ったときに会える人たちの恋愛とはちがって、私たちはいつでも会えるわけじゃない。

悲しいと思っていても、楽しいと思っていても、すぐに伝えることができない。

私たちふたりの環境は、同じ学生ということをのぞけば、まったく別物で、お互いを理解するには壁が大きすぎる。

でも、“遠距離恋愛”だからこそ湧きあがってくる特別な感情があるのも事実。

空が特別だということも、私たちふたりにしかわかり合えない感情。

啓吾のおかげで、“ふたりで共有する”という幸せな感情に気づくことができた。

啓吾を好きになってから、空というものがすごくすごく綺麗なものに見えた。

《啓吾、今日は雨が降っててマラソンの練習がなくなったよ！
私、すごくラッキーだなって思っちゃった……。
でもさ、啓吾が悲しい思いしてるのかも……って思ったら、神様ごめんなさい！って思った。
私が雨で喜んだから、啓吾、なにか悪いこととかなかった？　大丈夫（だいじょうぶ）？》

学校から帰宅後、毎日のメールの始まりは天気の話がほとんどだった。

《なに言ってんの、お前、本当可愛いな。
マラソンなくてよかったじゃん。
俺は今日も元気に学校で昼寝してたよ。
曇ってたから、外で寝られなかったのは残念かな》

キュン。
可愛いって言葉、全然慣れないなぁ。
いつまでたっても、啓吾の手のひらで転がされてる感じ。
それより、元気に学校で昼寝……って。
でも、元気でなによりです。

“空”から始まった私たち。

３月23日は、忘れもしないふたりの特別な記念日。

はじめて空を意識しだしたその日は、まぎれもなく私たちふたりのスタートラインだった。

少し周りとはちがうスタートを切った私たちは、他の恋人たちよりも……ゆっくり、ゆっくりと、だけど確実に前へと進んでいた。

第2章
進みはじめた時間

これは反則ノックアウト

【咲希side】

毎日メール、メール、メールの日々……。

啓吾という、大好きな人ができてうれしかった私は、アドレスを変えることにした。

名前とか入れちゃうと、友達や家族にバレてはずかしいから、せめてアドレスの中に記念日の"323"を入れたいな。

そう思い、xxx323xxx@xxx.xx.jpというアドレスに変更した。

《アドレス変更しました！
記念日入れちゃったよ～》

《可愛いことすんじゃん笑
あ、俺はそんな面倒なことしないよ？
期待してもムダだからな笑笑》

もう……そんな意地悪、言わなくていいのに！

だけど、可愛いと言われてうれしくなった。

このアドレスで、これからも啓吾とたくさんメールできたらいいな。

《なぁ、電話、無理なの？》

啓吾にそう言われたのは、付き合って２週間後くらいのこと。

《無理じゃないよ～っ。声聞きたいっ!!
でも、ケータイないし……》

お互いケータイを持っていないということは、こんなにも不便なものなのでしょうか……。

《だよなー。ケータイねぇと超不便》
《あ、そうだ！　私、家の電話から電話しようか？》

家族には少しの時間、不便にさせちゃうけど、10分くらいなら大丈夫だし、と思い提案した。

《俺が無理だわ、ごめんな。
俺の家、子機とかないからリビングにしか電話ないんだよ。
そしたら、みんなにバレんじゃん？
はずかしいじゃん》

なんだ、残念……。
だけど、啓吾でもはずかしい、って思うんだ……。
なんか、可愛い。

《残念。じゃあさ啓吾、私にケータイ買ってよ》

《無理だから。笑》

あぁあぁあ！　声が聞きたい。

でも無理だよね……。

あ、声が無理なら、啓吾の写メ見たいかも！

そういえば、私たちはお互いの顔すら知らない……。

これって、じつはすごくヤバいことなのかな!?

でも、私は啓吾の顔がどうというよりも、啓吾の考え方とか話し方とか……そういうところにホレてしまっているから、今さら？だったりもするんだけどね。

私たちの場合、お互いの顔を知っていて好きになる、という普通の恋愛とはちがう。

だから、こういう当たり前のことでさえも、段階をひとつずつ踏んでいかないといけない。

こういうところで私は、少しだけ不便だな、って感じることがあった。

でもやっぱり、彼氏の顔くらい知っておきたいよね。

《ねー、啓吾、写メある？》

《あー……写メ、ね。笑　あるよ》

ん？　嫌がってませんか？

それでも、見たいけど。

《マジ!?　見たいっ!!　見せて？》

《はぁ？　見たいときは、自分のを見せてからお願いするもんだろ？》

グググ。

たしかに、そうだね。

私が啓吾の顔を見たことがないように、啓吾も私の顔を見たことないんだもんね。

そうは言っても、私、可愛いくないんですよね、うん。

そんな簡単に見せられるほど可愛い写メなら、最初から見せてるっての。

顔を武器にして、啓吾のこと落としてますって！

あ、いかんいかん。つい欲望(よくぼう)が……。

《はぁ……じゃあ、私はプリクラでもいい？》

《なんでもいーよ》

《じゃあ、送ります》

そして無残(むざん)にも、残念な咲希の顔面は堂々とメールに貼(は)りつけられ、彼のもとへ送られた……。

「…………」

このときほど、メールの返事がいらないと思ったことはない。

いつもなら、早く返ってこい！と思うのに。

今回だけは、弱音(よわね)むき出しだった。

お願い、もう今日は返事いらない。

そう思いつつも、写りのいいプリクラを送信するあたり、私もまだまだ乙女。

少しでも啓吾に可愛いと思われたい。

だから、5割増しで盛ってますけど、許してね？

ビクビクしていると、啓吾から返事が届いた。

《別れよう》だったらどうしよう!?

さすがに啓吾は、顔で私のことを嫌いになったりするような人じゃないよね？

そう信じてる……。

しっかりしろよ！　私の顔!!

ねぇ、お願い。

プリクラマジックでどうにかしてください！

おそるおそるメールを開いてみると……。

《超可愛いんだけど》

ズキュン。

じゃなくて……。

冗談はやめましょう？

不覚（ふかく）にもキュンときた心臓。

その感情が反射的に顔に渡（わた）り、ニヤニヤと気持ち悪い表情へと変わっていくのがわかる。

神様、仏（ほとけ）様、両親様。

私を産んでくれてありがとう！

……どうしてこう、啓吾は私をドキドキさせる天才なのでしょう？
　好きな人に“可愛い”って言われるのと、どうでもいい人に“可愛い”って言われるのって、まったくちがうんだね……。
　それに、どうして啓吾はいつもこう……ズバッと一言だけで返してくるんだろ。
　そんな、一言で“可愛い”だけ言われて、うれしくないわけがない。
　なんか、もう。
　幸せがあふれでてくるような錯覚(さっかく)に……陥(おちい)る。

《お世辞(せじ)……ありがとう。それで、啓吾のは？》

　とりあえず、私の顔面はさらしたから、次は啓吾の番。
　さっきまでのドキドキとは打って変わり、ワクワクが止まらない。
　啓吾もさっき、こんな気持ちだったのかな？
　……ありえないか。
　啓吾はクール極(きわ)まってるからなぁ……。

《キモいとか、言うんじゃねーよ？笑》

　メール画面を下へスクロールしてみると、【添付(てんぷ)あり】の文字。
　即座にクリックする。

──ドンガラガッシャーン!!

こ、これは、反則です。はい、イエローカード！

いや、一発レッドカード“退場”にしちゃおう。

退場しちゃったらダメだけど。

これは反則ノックアウト。

あなたを好きな私には耐(た)えられない。

……超カッコいいんですけど。

スラッとした顎(あご)のラインに、キリッとした目。

キリッとしてるくせに、私より大きい。

少しガンつけてるような気もするけど……。

どちらかといえば、“綺麗な顔”ってやつ。

《俺、写メってあんまり好きじゃねーんだよな。

それ、結構古いよ》

いやーもう、古くてもなんでもいいです。

今の啓吾を想像すると、キュン死しそう。

いや、でも死因(しいん)がキュン死とか、ニュースになりそうで、はずかしい気もするけど……。

って、どうでもいい。

自分、狂(くる)った。

最狂(さいきょう)になった咲希は、この写メを見てまた一歩、啓吾を大好きになったのでした。

私、こんなイケメンを独(ひと)り占(じ)めしていていいのかな……。

こんなにカッコよくて、考え方もしっかりしていて、おまけにドSで……。

あぁ！　幸せって最高ですね！

私は、今のこの幸せの絶頂(ぜっちょう)を満喫(まんきつ)していた。

お互いの顔を見て、また一歩、近くに寄りそえた気がした。

次の日。

私は夏美に、啓吾のことを報告することにした。

ネット恋愛といううしろめたさから、話すかどうか迷ったけど、夏美にだけは聞いてほしかった。

誰かに認めてほしかった。

休み時間に、この数週間で起きた出来事を簡潔(かんけつ)に話すと……。

夏美は泣きそうになりながら喜んでくれた。

「咲希ぃ〜。本当よかったね！　元カレのことがあってから、どうなるかと思ったけど……。ただ、今回の恋愛は少しだけクセがありそう。まぁ、私は咲希の味方だよ？」

そう言ってくれた夏美の胸に、ギュッと抱きついた。

人に話しづらいことを聞いてくれる人が近くにいて、よかった。

しかし、夏美はこう続けた。

「あ、でもさ……。遠距離恋愛ってことはさ。あっちで啓吾くんが、好きな人とかできちゃったりする可能性もあるってことだよねぇ……」

ズキン。

心が痛むのがわかった。

「啓吾にかぎって、それはないって！　大丈夫～」
　私は強がるので精いっぱいだった。
「うーん。そっか。啓吾くんには咲希がどんな気持ちを持ってるか話してるわけだから。ヤキモチとか焼いちゃっても、ちゃんと伝えればわかってくれるってことだよね？」
　私も、そうであることを信じてる……。
　ただ、啓吾に嫌われたくない私は、啓吾に汚い感情をぶちまけることができるのだろうか……。
　隠しごとはしたくないけど、相手のことを想って、言わなくてもいい感情とかはあると思う……。
　そんなことを考えていたら、頭がパンクしそうになった。
　ただでさえ、気持ちが重い私が、遠距離恋愛……。
　一難去って、また一難。
　まさに、このことわざがピッタリな気がした。

なにも伝わってこない

【咲希side】
　夜中の12時半。
　今日は夏美に啓吾のことを話せて、スッキリした一日だというのに……。
　こういう日にかぎって、嫌なことが起きる。
　パソコンの前でボーッと画面をのぞく不審者発見。
　いやいやいや、私です。
　じつは……啓吾から返事が来ない！
　なぜ？
　今日も私は学校が終わりしだい、帰宅してすぐに啓吾にメールを送っていた。

《今日、調理実習で味噌汁作ったよ！
　私ってば、料理の才能あるかも？》

　こんな内容だから、べつに啓吾を怒らせたとかではないはず……。
　もしかして、味噌汁という内容にあきれたのかな……。
　そんなことで、メールの返事をしない人ではないか。
　どうして来ないんだろう……。
　モヤモヤするなぁ。
　返事が来ないこともだけど、今日夏美に言われたモヤモヤもあるから余計に心配。

付き合ってからはじめての、返事が来ない日。

付き合ってからというもの、毎日欠かさず1通はメールのやりとりをしていた。

お互い部活動の関係で時間が合わないから、チャットはできないものの、メールのやりとりはしたいと思っていたのに……。

最近は、啓吾とのメールが楽しいからチャットに行くこともなくなっていた。

啓吾と付き合いはじめてからは、啓吾のいないところで他の人とチャットするのは浮気行為かな、と思っていたから。

啓吾から返事は来ないし、チャットもしないのにパソコンの前で時間だけが過ぎていく。

お互い学生が本業であって忙しいわけだから、たった一日返事が来ないだけで不安になるのも、情けなく感じた。

あぁ、またこの感じ。

自分のことが嫌いになっていく。

弱いなぁ、私。

遠距離恋愛だから、こんなことくらいでヘコんでなんていられないのに。

何回も自分にそう言い聞かせるけど、誰かを好きになると不器用になってしまう。

もし、啓吾が近くに住んでいれば、「なにかあったの？」って会いにいくことができるのになぁ。

まだまだ彼女になりたての私は、そんなに広い心は持ちあわせていない。

やっぱり、会えない分、たくさん啓吾と話したい、言葉を伝えたいって思ってしまう。

こういう女の子って嫌われるのかな。

でも、好きだからこそ独占したいって思うし、他の子にとられたくないって思う。

私だけを見ていてほしい。

なにか用事があるんだとは思うけど、いつもいるはずの存在が急にいなくなると……どうしても不安になってしまう。

私は親が厳しくて、習いごとや勉強などは弱音を吐かずにがんばってきた。

でも、啓吾がいないだけで、こんなにも弱虫になってしまうんだ……。

結局、その日、返事が来ることはなかった。

次の日も、その次の日も返事は来なかった。

付き合いはじめたばっかりなのに、放置プレイを食らうことになるとは……。

……まさか、他に好きな人でもできてたりして。

急に不安になってきた。

信じたいって思うのに。

ワガママ言わないから……。

ねぇ、啓吾っ……ひとりにしないでよ。

啓吾から返事が来なくなり、１週間が過ぎた。
ちょうどその日の夜、メールが返ってきた。

《ごめん。
友達と毎晩(まいばん)遊んでて、あんまりメール開けなかった。
ごめんな》

なんだ……。
友達と遊んでたんだ……。
なにもなくてよかった。
元気そうでよかった……！
私はとりあえず一安心した。

《啓吾の家で遊んだの？》
《おう、超楽しかったよ》

今日はすぐにメールが返ってくることにホッとする。

《よかったね!!　友達みんないい人そうだね！》

啓吾が楽しかったなら、友達はいい人なんだろう。
でも、放置されていた私からしたら、啓吾の友達に少しヤキモチを焼いてしまう。
だから、あえて「いい人そうだね！」なんて皮肉(ひにく)ぎみに書いてしまった。

まさか、こんな平凡な一言で悪夢を見ることになるとは、思いもしなかった。

《超楽しかった!!
つーか、やっぱ男女で集まると楽しいのなー！》

はい？　もう１回どーぞ？
ダンジョ？　だんじょ？　男女……？

《だ、男女で遊んでたんだ……なにしたの？》

聞きたいことはたくさんあったけど、平気なフリをして返事をするのが精いっぱいだった。

《盛りあがって楽しかったー。
んー、普通にだべってただけ》

あ、そう……ですか。
普通にだべってただけですか、そうですか！
男女がひとつの家で？
ましてや、啓吾の部屋で？
このとき、年齢がひとつしか変わらない啓吾が、すごく大人びて見えた。
私には１週間以上、友達を家に泊めて遊びつづけることなんてできないし、したこともない。

そんなの、ドラマや漫画や大人の世界だけだと思っていた。

私とは、生きている世界がちがう人なんだ……。

心配とさびしさの中で１週間待ちくたびれていた私は、自分の感情をコントロールすることができなかった。

イラだちをおさえきれず、１週間の緊張がほぐれた私は、勢いでひどいことを言葉にしてしまう。

《楽しそうで、よかったね。

じゃあ咲希はもう、啓吾に必要ないね》

最低なメールを送った。

距離があるんだから仕方ない。

友達だから仕方ない。

楽しかったんだから仕方ない。

そばにいないんだから仕方ない。

全部わかってる、わかってるよ。

でも……。

啓吾にとっては、たかが１週間だったかもしれない。

だけど、なにも知らない私は、啓吾をひたすら待つことしかできなかった。

啓吾のメールを読むかぎり、私に心配をかけたことより、友達と楽しかったことの方がメインで書かれている。

啓吾には、私が心配していた気持ちが伝わってない。

そんなの「仕方ない」で済ませられない。

「仕方ない」なんかで終わる気持ちじゃないんだもん。

大好きなんだよ。
啓吾が大好きで、大好きで……。
さびしかった、この一言が素直に言えない私は、啓吾の返事を待たずに、またこんなひどいことを送ってしまった。

《どうせ、私なんか必要ないんでしょ。
啓吾の言葉は少なすぎるよ。
会えない、顔も見られない、どんな気持ちでいるかわかんない。
私たちはそんな毎日を過ごすのに、毎回短い言葉で終わられたら、私にはなにも伝わってこない！
不安でいること……気づいてよ……》

なんて、ひねくれてるんだろう。
どうして可愛くなれないんだろう。
私は、たくさん泣いた。
「伝わってこない」なんて、ひどいことを言ってしまった。
短い言葉だけど、そこに啓吾の愛情がつまってるんだって、私が一番わかっていたはずなのに。
啓吾のその表現が、私を惹（ひ）きつけたのに。
啓吾からの返事はなかなか来なかった。
このままじゃダメだ。
もう別れよう……。
隣にいられないなら、意味がないよ。
啓吾のことわかってあげられないなら、意味ないよ。

啓吾のこと傷つけるなら、彼女失格だよ。

好きなのに、どうしてこんなにうまくいかないんだろう。

これだけのことで？と思われるかもしれないけど……。

そう、たった“これだけ”のこと。

でも、遠くにいるキミが……ずっとずっと私のことを好きでいてくれる自信が持てなくなっていた。

たった１週間の出来事。

だけど、私たちの間にある“距離”が邪魔をした。

距離なんて関係ない、って言ったのは自分なのに。

こんなにも早く、幕(まく)が閉じるなんて思ってなかった。

まだスタートを切って間もないのに。

ゴールが早すぎるよ？

それとも、スタートすらできなかったかな？

スタートを切ったと思っていたのは私だけで……もしかしたら私たちの位置は、はじめから横一列ではなかったのかな。

まだ、声も聞いていない。

手も繋いでいない。

隣で空だって見あげてないのに……。

《そんなこと言ってねぇよ、バカ。
つーか、言っていいことと悪いことがあるだろ。
そういうこと軽々しく言うな》

啓吾の返事からは、今までにないイラだちを感じた。

啓吾は、私と離れることを止めてくれている。

それだけで十分なはずなのに、不安に不安が募った私の負の感情はもう止めることはできなかった。

どうせ、私より友達でしょ？

どうせ、私は２番目でしょ？

どうせ、私は性格が悪いから……。

心の中ではわかってる。

啓吾のことも、啓吾の友達も侮辱してるって……わかってる。

だけど……止められないんだ。

啓吾の返信メールは荒々しく続いていた。

《誰が咲希のこと必要じゃねぇなんて言った？

好きなヤツじゃねーと付き合わねぇし、好きなヤツじゃねーと一緒にいたいって思わねぇ。

男女っていうのが引っかかったなら、もう絶対しない。

心配かけてごめん。

俺……一番大切だからさ。

咲希の存在、大事だからさ。

自分のこと、そんな風に言うなよ。

俺はそんなこと思ったことない》

読み終わったあと、自分の愚かさに悲しくなった。

啓吾はこんなに大人で、私のことを理解しようとしてくれる。

素直じゃない私の言葉の、隠れた悲鳴(ひめい)に気づいてくれる。

こんなにも、啓吾は優しい。

付き合うときの約束……私の気持ち、本当に受け入れてくれた。

嫉妬を受け入れてくれた。

友達のこと、ひどく言ったのに。

でも……啓吾が優しいからこそ、つらくなった。

これから先も、きっと私はあなたの周りにいる人をたくさん傷つける。

それだったら、私も啓吾もつらいだけ。

こんな私でごめんなさい。

《啓吾も嫌でしょ？　こんなヤツ……。

もう別れた方がいいのかな……》

啓吾が私を一番に思ってくれているのはわかる。

それなのに、私は啓吾のことを一番に思えずに、自分のことばかり考えていることに目の奥が熱くなった。

私が怖いのは、いつか啓吾にフラれること。

それなら、先に私が手放してしまえば……手遅れになる前に。

そう思った。

《嫌なんかじゃないから。

“こんなヤツ”じゃないから。

俺には咲希が必要だから、離れていこうとすんな。
全部受けとめてやる、嫉妬も束縛も全部。
思う存分言えばいいから、だから離れていこうとすんな。
ずっと俺のそばにいろよ……》

啓吾からのメールは、なぜか語尾(ごび)がとてもさびしそうだった。
ただの文字の羅列(られつ)なのに、感情が伝わってくるようだった。
私が中学２年生じゃなかったら、もっと優しく包みこめたかな？
ひどいこと言って、試すようなことしなかったかな？
本当は、ずっと一緒にいたい。
まだまだふたりでしたいことは、たくさんある。
私は啓吾にこんなに想われていたのに、最低なことをした。
受け入れようとしてくれる人を、自分から放そうとした。
メールが来ないさびしさから……本当に最低だ。

《ごめんね。
うん、もう離れない。
ずっと一緒にいようね。
ずっと一緒にいてください》

涙が止まらない。
人を好きになる“つらさ”も“喜び”も、すべてわかった気がする。

たったこれだけのことで一喜一憂して、離れたくなったり……やっぱり後悔したり。

こんなに不安定な感情ははじめてで、恋愛って難しいと思った。

相手のせいにして、自分を追いつめて……。

言葉にして伝えれば簡単なことなのに。

これだけ愛されていれば、受け入れてくれるってわかってるのに、素直に信じられない。

中学生の私は、恋という気持ちに翻弄(ほんろう)されながら、必死で渦の中をさまようことしかできなかった。

これが啓吾じゃなかったら、どうなってただろう。

私はまた素直になれなかったことを後悔して、トラウマになっていたんだろうか……。

何度同じ過(あやま)ちを繰り返せば、私は私と向き合えるのだろう。

……だけど、啓吾と私の距離は遠くなることはなく、むしろとても近くなった気がした。

遠い距離が、ふたりの気持ちを少しだけ近づけてくれた。

今回の件で自分の幼さを痛感した私は、すごく反省した。

この弱さと向き合っていかなければいけない。

私は、私にしか強くできないから。

《友達と仲よくしていいからね。

本当にいい人たちなのに、嫌な思いさせてごめんね。

無理言って本当にごめんね。

ワガママで、ひどく傷つけたのに、離れずに隣にいて、信じてくれてありがとう。
私、強くなりたい。
啓吾に大切にされているんだっていう自信を持ちたい。
面倒くさいかもしれないけど、これからもよろしくお願いします》

うまく言葉にできなかったけど、必死に言葉を紡(つむ)ぎだした。

《めっちゃ信じろよ。
べつに強くは、ならなくていーよ。
我慢はすんな》

「……っ」
……涙って、いつになったら枯(か)れるの？
それとも、啓吾のせいで枯れることを忘れたの？
またこうやって、啓吾は短い言葉で私を救ってくれる。
人に想われる喜びを、知った。
大事な存在って、こういうことを言うんだね。
……啓吾の一番になりたい。
最高の彼女になりたい、と思った。
でも、無理はしないでおこう。
無理したって、きっとまた啓吾に当たってしまって、関係が終わってしまうだけだと思うから。
だから、私はキミに心配かけずに……キミに好きになってもらえるように、もっともっといい彼女になろう。

そう決めた。

そして、自分に自信が持てるようになったら、絶対に会いにいく。

今は会えなくても大丈夫。

今がチャンス。

会えない今だからこそ、会ったときに素敵な女の子になれるように。

……がんばるよ。

次の日から私たちは、いつも以上にメールをたくさんするようになった。

お互い言いたいことを言えるようになって、すっきり。

もうあんな、一方的に感情を押しつけるようなケンカはしたくない。

大人になりきれない私は、啓吾にたくさん救われていた。

学校で夏美にケンカのことを話すと、叱(しか)られた。

「咲希は本当に直球すぎるのよ！　ヘンなところで遠慮(えんりょ)するくらいなら、最初からワガママ言ってしまえばそんなことにならなかったのに！」

ごもっともです……夏美さん。

「で、でも、すごく反省してるし、ケンカがあったからこそ、前より信じたいって思えるようになったよ。好きって気持ちを伝えるだけが愛情じゃないってのも、少しはわかったと思う」

夏美はウンウン、と聞いてくれた。

「まぁ、でもまた行きづまったら、今度はひどい言葉を放つ前に私にメールね？」

そう言って、夏美は昼食を食べはじめた。

同い年なのに先輩みたいな風格なのは、私より身長が大きいからなのかな～？

なんて、こんなこと言ったら夏美に怒られちゃう！

でも、いつも本当にありがとう。

私は啓吾みたいに大人になれないし、夏美や啓吾にこれからもたくさん迷惑をかけると思う。

だけど、ケンカや嫌なことを乗りこえて、毎日少しずつ啓吾と進んでいきたい。

ケンカするほど仲がいい、と言われるくらいの関係になりたい。

今回みたいに、お互いぶつかり合って、信頼を築いていきたい。

そう思った。

もう少しだけここにいたい

【咲希side】

私たちが付き合いだして3ヶ月。

梅雨(つゆ)入りして、ムシムシする日がこのところ続いていた。

そんなある日、また啓吾からのメールがパッタリと途絶(とだ)えた。

……また？

だけど、二度目はもうそこまで心配じゃなかった。

啓吾を信じてるから。

大丈夫でしょっ！

自分に言い聞かせてみるけど、やっぱり少しだけ不安。

捨(す)てられたかな？

そんなこと思いたくないけど、心の端っこで考えてしまう。

でも、私のそんな気持ちをぶつけて、また啓吾に迷惑をかけるのは嫌だ。

きっと啓吾は、私が不安がっていたら、どんなに忙しくても私のことを優先してくれてしまう気がするし……。

同じ土俵(どひょう)で啓吾と付き合っていきたいから、我慢できる。

私の全部を受けとめる、と言ってくれた啓吾。

だから私も、もうなにがあっても啓吾を信じたいんだ。

そうは思うけれど、啓吾の身になにか起きていたら……と、ふと不安になる。

もし、事故(じこ)にでもあっていて、入院しているから連絡できないんだとしたら、どうしよう……。

最悪、事故で入院していたとしても、私は遠くにいるから、啓吾から直接連絡がなければ知ることはない……。

こういうとき、遠距離恋愛は不便。

共通の友達がいれば、知ることもできるんだけど……。

考えれば考えるほど、不安要素が大きくなっていく。

やめよう、きっと大丈夫だよね。

啓吾のことだから、またなにごともなかったように返事が来るんだろうな、とのん気に考えていた。

だけど、1週間たっても返事は来なかった。

前回よりも延びるかな？って、不安で押しつぶされそうだった。

明日は、返事来るかな？

そう思いながら、パソコンの電源を落とそうとしたとき……。

受信ボックスに1通のメールが届いた。

“啓吾”の文字。

ホッ。

あぁ、よかった。やっぱりなにもなかったじゃん！

心配して損した～。

これで今日は安心して眠れる。

ここ1週間、じつは不安でよく眠れなかった。

もしかして、夜中に返事が来るかも？と思うと、何度も起きてしまっていた。

《メールできなくてごめんな？　いろいろあってさ。
なぁ、咲希は俺を置いてどこへも行かねぇよな？
絶対、離れていかねぇよな？
ずっと俺のそばにいるよな？
うぜぇかもしんねーけど、咲希は俺のモンだから……絶対、誰にも渡さねぇ》

……急にどうしたんだろう。
啓吾の言葉、すごくうれしいし、心があったかくなった。
けど、切なさがあふれでていることが心配になった。
メールがすごくさびしそうで、のん気にドキドキしている場合ではなかった。

《急にどうしたの？》

それしか返事は思いつかなかった。
すぐに返ってきたのは、啓吾が大事にしてた内容で……。

《空が晴れてるときは
笑ってるって思ってた。
雨が降ってるときは
泣いてるんだと思ってた。
だから晴れてるときは
俺もうれしくて、一日中笑ってた。
雨が降ってるときは

一緒につらさを感じてやろうって思って
傘を持たずに外に出て
ベチャベチャになって外歩いた。
空はいつだってひとつだよな？
俺と咲希は
いつでもたったひとつの空の下にいるんだよな？
俺、自分で自分の言ってる言葉が似合わないと思う。笑》

啓吾は以前も同じような内容のメールを送ってきた。
近くにいないから、今どんな表情で、どんな気持ちでこのメールを打っているのかはわからない。
でも、啓吾の過去に、“空”を大切に思うようになったなにかがあったことはわかる。
そして、今そのことで啓吾が苦しんでいることも。
“なにか”があったんだ。
啓吾のこと、助けてあげたいと思った。
だって、いつもあんなに強い啓吾が苦しんでいる。
私や周りに話せない、なにか……。
啓吾がずっと“空”を大切にしてる理由……。
本当は、その理由を知りたい。
だけど、私が聞いて無理やり話してもらうのはちがう。

《私はずっと啓吾の隣にいるよ。
どこにも行かないよ。
ずっとずっと、一緒でしょ？

100歳になっておばあちゃん、おじいちゃんになっても
ずっとふたりで一緒にいようね。
それで、空見て笑おう？
お金がなくても、毎日ゆったりとふたりで空見て
一日一日を過ごしていこうね。
ゆーっくり流れる時間とともに
ゆーっくりふたりで過ごそう？
絶対離れないよ》

この言葉に嘘はなかった。
ただ、思ったことを書いただけ。
でも、なぜか私は涙が止まらなかった。
啓吾を縛(しば)るなにかから助けてあげたい。
だけど私には、啓吾が必死に守ろうとしているなにかをこじ開けて、心の中に土足で入りこむ勇気はなかった。
まだ啓吾の中に、私を必要とする場所がないのはわかっているから。
ただ、苦しむ啓吾にそっと寄りそうことしかできなかった。
私が泣いてちゃいけない。
涙を止めようとがんばってみた。
でも、涙は人の気を知らずに、止まることなくあふれつづけた。
……キミが苦しむ姿を見るのが一番つらい。
相談してほしい。頼ってほしい。
ひとりじゃないんだよ。

私だけ置いていかないで。

ひとりだけつらい過去の奥底で眠らないで。

どんなにつらくても、どんなに悲しくても。

ずっとキミのそばを離れないから……。

このメールを読んで、悲しいと思うと同時に、啓吾を支えてあげたい、という気持ちになった。

無意識に、窓を開けて夜空を見あげる。

私は最近、心が満たされたり、悲しくなったり、いろんな気持ちを感じたとき、無意識に空を見あげてしまう。

今日はすごく星が綺麗。

明日は晴れるのかな。

私たちの明日も……きっといいものになるよね。

私は星がキラキラと輝（かがや）くこの広大な空に願った。

ねぇ、お願い。

私たちのことを応援してくれるなら、できるだけ素敵な笑顔でたくさん笑って……？

空が晴れれば、天気がよければ、きっと啓吾も笑ってる。

私は隣でなぐさめることができないから、あなたが啓吾に笑顔を届けてよ。

それが啓吾の幸せだから……。

《ありがとう。

べつに心配かけるつもりじゃなかった。

でも、咲希が離れていくの、考えられねんだよ。

本当、マジでさ……俺、咲希が好きみてぇ。

こんなヤツなのにごめんな？

でも、おさえられねぇや。

俺、失ってばっかなんだよな。

俺の過去の話、聞く？

咲希には、できれば隠しごとはしたくない。

今はまだ言えないけど……。

でも、いつか絶対、咲希には話すよ。

そのとき、俺が空にこだわる理由もわかると思うから。

それまで、もう少しだけ、このまま自分の気持ちを整理したい。

この感情と、ひとりでちゃんと向き合っていたい。

それまで待っててほしい》

……“こんなヤツ”じゃないよ。

啓吾が私に“そんなこと言うな”って言ってくれたんじゃない。

啓吾はすごく素敵な人だよ？

自分の意思を持ってて、私も啓吾みたいにならなきゃ、って思う。

そんな啓吾の弱音をはじめて聞いた。

私が前に、勝手に啓吾から離れていこうとしてたとき、啓吾はどんな気持ちだったんだろう。

私だけが、不安なんだと思ってた。

啓吾はいつだって余裕があって、私ばかり好きなんだと思ってた。

でも、それは私から見た啓吾で。
啓吾もじつは、私と同じ気持ちでいてくれてたのかな？
そんな不安な気持ちの中、啓吾は私を助けてくれた。
……だから、今度は私の番。
もちろん、聞く覚悟(かくご)はできている。

《うん、大丈夫。いつまででも待ってるから！
啓吾が話したくなったら、そのとき、また教えて》

啓吾を受けとめられるくらい、大きな大きな空のような存在になりたい。
だから今度は、啓吾の気持ちを思いきり私にぶつけていいよ？
絶対に受けとめるから。
せっかく神様からもらえた、この出会い。
少しでも長く、一緒に笑っていたい。
もし、私たちふたりともつらくなったときは……。
また空に助けてもらおう。
悲しいことがあった日は、吹きとばしてくれる。
うれしいことがあった日は、一緒に喜んでくれる。
そんな風に、空を見て心を落ちつかせる。
啓吾も、きっと同じ気持ちで空を見てくれているはずだから。

それで十分だから

【咲希side】

《最近、風邪引いちゃったかもしれない……》

啓吾から、過去の話をしたいというメールをもらってから1ヶ月がたった。

今日も学校へ行き、夜、啓吾にメールを送る。

今日はめずらしく、部活の時間に熱っぽいと感じ、早退させてもらった。

帰宅してからすぐに寝てしまい、目が覚めると夜の8時を回っていた。

《え、そうなの？　大丈夫かよ。
本当、心配かけんなよー。
咲希が元気じゃないと俺、不安になるんだから》

……あ、すごく心配してくれてる。
うれしい！
……不謹慎だけど。
最近、こうやって小さなことでも心配してくれる。
啓吾がどう思ってるのか、ちゃんと感情を表してくれる。
私がまた、不安にならないように。
そんな小さなことでも無性にうれしくなる……。

だから私も、些細（ささい）なことでも伝えたいし、ひとつひとつ忘れずに覚えていようって思う。

……幸せボケしてますねぇ～。

《うん、なんとか大丈夫！
バカは風邪引かないって言うから、啓吾は元気そうだね～》

なんて、啓吾が私に言うようなことを送ると、《うるせぇよ、バカ》と啓吾らしい返事が来た。

すごく幸せだな、って思ったけど……じつは、今日の昼休みに嫌なことがあった。

『ねぇねぇ、彼氏できたんだ』

何人かの友達と集まって話しているとき、普通に私の口から出た言葉だった。

べつに、啓吾のことは隠す気はなかった。

だけど、関係が不安定だったから、夏美以外の友達にはまだ話していなかった。

自慢（じまん）するつもりはなく、ただただ、ごく普通に女子が“井戸端（いどばた）会議”を行うときに話す会話のつもりで……。

普通にその会話は流れるはずだった。

『『『えぇぇえええぇぇえ!?』』』

キーの高い、中学生の女の子らしい声が飛びかう。

『どんな人？』

『出会いは？　なれそめは？』
『え〜いいなぁ！　イケメン？』
　質問攻めにされるとは思っていたので、とりあえずどういう出会いで、今どんな関係なのかを話した。
　みんな仲のいい友達なので、ネット上の恋愛を否定的に見ている子はいないように見えた。
　だけど、ひとりの子から衝撃（しょうげき）的な言葉が走った。
『ねぇ、その人って本当に大丈夫な人なの？　詐欺（さぎ）じゃないの？　本当に１個上？　もしかして、すっごいおじさんかもよ……？　咲希、だまされてない？』
　ネット上で恋愛しているからには、こういう質問があっても仕方ないとは思っていた。
　だけど、いざ目の前で言われると、信じてほしいと思うと同時に、私も啓吾を疑っている部分があることに気づいた。
　本当は疑いたくなんてないのに……。
『…………』
　どう返事していいかわからずに黙ってしまう。
　すると、夏美が私のフォローをしてくれた。
『大丈夫！　咲希は、啓吾さんの写メ見せてもらったから顔は知ってるんだよ！　それに、私、ふたりの話聞かせてもらったけど、すごくいい人そうだし。みんな心配しなくて大丈夫だと思うよ』
『そっかぁ、じゃあ一安心だね。お幸せに！』

　夏美のおかげで、なんとかその場は収まった。

……でも、今まで気づかないフリをしていた問題は、なにも解決していない。

私は啓吾の性格が好きになった。

でも、そんなのメールの中で変えるのは簡単で……。

って疑いたくない。

啓吾が嘘をついてるなんて思いたくなかった。

ネット上だし、ましてや会ったこともない相手だから、友達が私のことを心配して言ってくれたのはよくわかる。

でもさ、好きなんだもん。

会えないのに、言葉だけでこんなに誰かを好きになれるのかなって思うくらい、啓吾を好きになっていた。

でも、その疑問を啓吾に直接聞くのは怖かった。

疑っていると思われたくなかった。

だけど、好きな人が本当に自分の想像どおりの人かどうか、証拠が欲しいのも正直なところ。

夏美は、友達の前ではああ言ってくれてはいたけれど……。

前に送ってもらった写メも、本人の写真じゃない可能性もある……。

ううん……啓吾は啓吾だもん。

そんな難しい理屈とか抜きにして、私はただ啓吾が大好きだった。

だけど、おかしいもので、周りにそんなことを言われると、最近の啓吾の様子が気になってくる。

啓吾は最近、メールの返事がかなり夜遅い。

しかも、元気がなさそうで、すぐに終わる。

なんとなく、私とのメールが面倒くさそうだった。

私は、あの日の《待ってて》という言葉を信じているから、とくに気にしていなかったけど……。

……ううーん。

もしかして、啓吾になにかがあって私は……用無しになった？

そういう考えが浮かばないといえば嘘になるけど……。

でも、好きな人を疑えっていうのは酷(こく)な話だよ。

啓吾のことを信じるって決めたばっかりだし、支えてあげたいっていうのも事実だから。

距離があっても、会えなくても、啓吾を好きなことには変わりないんだからさ。

どんな啓吾でも、私を見てくれる、たったひとりの彼氏。

信じるに決まってる！

とは思うものの……。

悩(なや)みがあると、物事が進められない性格でして。

昼休みからずっと、あの友達の言葉が耳について離れなかった。

そしてなにより、啓吾に隠しごとをするのは一番嫌だ。

今、正直に話してみようかな。

啓吾も、隠しごとするのは嫌いって言ってたから……。

啓吾は最近あんまり元気ないけど、こんなこと聞かれて嫌な気持ちにならないかな。

でも、ちゃんと向き合いたい。

大丈夫。

自分にそう言い聞かせてメールを送った。

《先に言っておくけど、啓吾のこと信じてないわけじゃないからね。
不安になったから聞くだけだからね。
私は啓吾に嘘ついてること、ひとつもないよ。
啓吾は私に嘘ついてないよね？
啓吾のこと、信じてるけど、これからも信じていいんだよね？
ヘンなこと聞くけど、詐欺とかでもないよね？
ホント、これからも信じたいから聞いてるの……。
でも、嫌な気持ちにさせたらごめんね。
最近、啓吾が私とのメールを面倒くさそうにしてるように見えたから不安になっちゃって……。
私は啓吾がどんな人でも、今の啓吾が私のことを好きってことが嘘でなければ、それで十分なんだけど……。
嘘じゃないよね……？》

返事が少し遅くなってしまったから、もしかしたら寝てしまったかもしれない。
でも、返ってきたらすぐに返事を見たいから待っていようと思った。
５分ほどして、すぐに返事が届く。
待っていてよかった。

《嘘じゃねぇよ。嫌いじゃねぇ。
好きだよ。
なんかあった？
ごめんな、俺、またさびしい思いさせてたよな？
俺さ、最近、つらいことばっかなんだよな……。
ごめんな。
てか今日、イラついて部屋の窓割っちまった笑
風入ってきて、超寒い笑》

ただその一言が欲しかっただけ。
ほら、すぐこんなにうれしい気持ちに戻る。
だから、これだけで十分。
って……はあぁぁ？
部屋の窓を割った!?
そんなことある!?

《ありがとう。十分安心した。
これで、今日もぐっすり眠れそう！笑
……って……ちょ!!　手、大丈夫!?
ケガしてない!?》

ていうか、冗談でしょ……？
冗談であることを願っていたけど、私の気持ちとは裏腹(うらはら)に、それは願いで終わった。

《手、超いてぇ。血だらだら。笑
咲希に見せたくて、兄貴のケータイで写メった。
ビックリした？笑》

その文章の下には、１枚の写メが添付されていた。
ポッカリ穴の開いた窓。
ビックリした？じゃないよ……。
せっかくお兄さんのケータイ借りて写メったなら、もっとおもしろいものが見たかった……。
それに……こういうときこそ、「メールだから嘘つける」みたいな、遠距離のいいところを使うんじゃないの!?
なに、ガチで割ってるんですか……。
反抗期（はんこうき）……ですか？
いや、そんな可愛いものじゃないよね。
～マイダーリン、不良になる～
タイトルをつけるとしたら、こうなります。
私は啓吾の家の窓がどうなっているのかが、知りたいわけじゃない。
啓吾の手は……手は……大丈夫なの？
超心配なんだけど。
せっかく不安が消えたのに、出ました。
“一難去って、また一難”
本当、私たち、このことわざに呪（のろ）われてるんじゃないでしょうか？というくらいに、立てつづけになにか起こる。
こんなことわざがあるから、いけないんだ！

と、あくまで悪いのは、私が生まれてくるよりもずっと前からある、ことわざということにしておく。

お姉ちゃんが誕生日にもらって、かなりガックリときていた“ことわざ辞典”がたまたま目に入り、少しイラだつ。

ことわざにはなんの罪もないんだけど。

《大丈夫だよ笑　そんな弱くねぇよ》

弱いとか、強いとかの問題じゃない。

この前のメールから、ずっと様子がおかしい。

やっと普通の返事が来たかと思ったら、窓が割れていて……。

私は、次は啓吾が自分の心の窓でも割ってしまうんじゃないか、と不安になった。

そんな気持ちになるくらい、啓吾の一文字一文字が、つらそうに見えた。

《なにがあったの……。
嫌なことってなに……？
私さ、これでも一応、彼女なんだからさ。
相談してよ》

そうだよ、彼女だよ。

すぐ不安になって、面倒くさい頼りない彼女なのはわかってるけど……。

一昔前みたいに、亭主関白（ていしゅかんぱく）というものがはやっている時代でもない。
男だから、女だから……なんて、そんな立場はなんの意味も持たない。
お互いが同等の立場で向き合いたい。
彼女として彼氏を支えることって、当たり前のことだと思うから。

《ありがとうな……。
俺の家さ、ずっと前に親が離婚（りこん）しちゃって。
親父（おやじ）しかいねーんだよな。
で、今は親父が遠くで働いてるから、俺と兄貴と姉貴と３人で暮らしてんの。
そんなことはどーでもいいんだけどさ。
最近、親父の体調がよくないらしい。
ずっと病院通いらしくてさ、心配なんだよな。
ひとりでつらいこと抱えてねぇか、とか、無理してねぇか、とか。
姉貴も兄貴ももう成人してるから、金の面では不自由ないんだけど。
親父が心配なんだよな。
だから病院とか一緒に行ってると、時間なくなんだよね。
ごめんな。
とりあえず、最近はこんな感じでさ》

「…………」

ちがうよ、「ごめんな」じゃない……。

謝らなきゃいけないのは私だ。

啓吾が大変な時期に、また自分の感情をぶつけるようなことしかできなかった……。

啓吾のこと、なにもわかってなかった。

最近、啓吾ばかり謝ってる。

私の方が、ずっとずっとわがままだったのに……。

《ごめんね……。

私、啓吾のためになにもできないけど、お母さんの代わりになるよ？

って、ヘンなこと言っちゃってるけどさ。

あと、メールの返事、全然遅れて大丈夫だから。

今はお父さんとの時間を大事にすることを優先して。

迷惑かけてごめんね。私はもう大丈夫だから。

啓吾を信じてるから!!

でも、つらいときは言ってね。

お父さんのことを支えるためには、啓吾がストレス溜めちゃダメだからね。

余計なお世話でも、支えさせてね》

《なんで咲希が謝んの。笑

だっはーー笑

でも、俺的には、咲希がお袋っていう存在より、彼女っていう存在の方が全然うれしいんだけど。
どうしてもお袋がいいなら、俺の母さんにでもなる？笑
俺は、咲希が彼女で、隣にいてくれるだけでいい。
それで十分だから。
無理して背伸びしなくていいよ。
お前バカだから、たくさんのことできねぇだろ？笑
でも、ありがとな。
よろしく頼(たの)むぜ、母さん。笑》

お母さん……。
自分で書いておいて、今さらながらはずかしくなって赤面する。
啓吾が私のこと、彼女でいてくれるだけでうれしいって思ってくれている。
そのことを知れて、私もうれしくなった。
変わらず啓吾のそばにいたいな。
でも、啓吾が言うように私バカだから、自分のできる範囲(はんい)でがんばらないとね。
私の中の不安はいつの間にか消えて、安心へと変わっていた。

《じゃあ、お母さんやめるっ!!笑
これからもよろしくね！
お父さん、きっと治るよ。
大丈夫だからね!!》

《俺、物心ついたときから母親がいなかったから、どんな風に女の人に甘えていいかわかんないんだよ。
正直に言えば、つらかったこともたくさんあった。
今後、咲希にも苦労させるかも。
でも俺は、愛情が欠落(けつらく)してるわけじゃないし、お前のこと大事にしたい。
……俺、言葉足らずなんだよな、毎回。
咲希、いつも言うだろ？　言葉が少ない、って。
それ、俺の悪いとこ。
咲希に苦労かけたくないけど、話せてよかった。
こんな話できたの久しぶりだからさー。
気が抜けちまった。笑
本当、お前はまっすぐ素直で可愛いよ。
いつまでもそのままで俺の隣にいろよ》

私には当たり前のように両親がいて、ふたりに大事に育てられてきた。
だから、つらかったねとか、そんな簡単に声をかけることはできないと思った。
私には決して理解してあげられない苦しみを、啓吾は味わってきているだろうから。
でも、わかってあげられないかもしれないけど、共有する努力はしたい。
悲しいことはふたりで半分こしたい。

《もちろん、啓吾が嫌がっても隣にいさせてもらうし》

私はそんな冗談まじりの返事をする。

《俺、決めた。受験終わったら咲希に会いにいくわ。
仕方ないから、会いにいってやる。笑》

……いきなりの言葉に目を丸くした。
でも、啓吾に会いたいのは事実。
上から目線なのが気になるけど……。

《うん、早く会いたい。
そのためにも、早く合格してね！
終わったら、ふたりでどこか綺麗なところへ、空でも見にいこう！》

やっと啓吾に会える。
次の春まで、まだ時間はあるけど、“未来の約束”があるっていうのは幸せなことだった。

それからは、少しずつメールのやりとりで距離を縮(ちぢ)めていった。
ケンカすることもなく、不満に思うこともなかった。
この期間で、だんだんと啓吾という彼氏ができた生活にも慣れてきた。

学校であったつらいことや、悲しいこと。
楽しいことなんかを、たくさん話したりした。

《今日は、夏美が体育のときに盛大に転んだんだよ！》
《ねぇー、聞いてよ。朝ご飯も昼ご飯もカレーだった……》

そんなくだらない話をできるのが、すごく楽しかった。
啓吾は、少ない言葉ではあるけれど、一歩ずつ私に歩みよって、愛情を積みかさねてくれていた。
今日は私が出かけるときに、親のケータイを借りて服を写メって「どっちがいいと思う？」って送った。

《俺は白い方が好き。
咲希のそういう服装、可愛い。似合うじゃん》

啓吾からはこんな返事が来た。
顔は写っていないけれど、私が実際に着ている写真を送ったから、啓吾の反応にドキッとした。
服装が可愛いって言われてるのはわかっているけれど、私のこと可愛いって言ってくれてるみたい。
本当に私のことも、可愛いと思ってくれてたらうれしいな……。
私たちは出会ってまだ間もないけれど、十分幸せだった。

第3章
もう一度チャンスを

ハッピーバースデー

【咲希side】

早く啓吾の受験、終わってほしいな。

会いたいな、と思いながら毎日を過ごしていると、あっという間に２週間が過ぎた。

……じつは、明日は私の誕生日(たんじょうび)。

幸せすぎて、自分の誕生日の存在をすっかり忘れていたみたい。

でも、まだまだ10代！　誕生日って、ドキドキワクワクの一日だ。

私にとってすごく特別な日。

中学２年生、正式に14歳になる日。

誕生日の前日である今日も、いつもどおり学校へ行って、なにも特別なことはなかった。

学校からの帰り道、今日で13歳とサヨウナラ〜と思いながら歩いていたら、なんだか大人になった気分になった。

静かな道にセミの声が響きわたる。

あぁ、夏が来たんだ……。

帰宅して片づけを済ませると、日課になったメールチェックをする。

受信ボックスには１通の未読メール。

《明日はあなたの誕生日！
おめでとうございます。
今月はポイント５倍ゲット！》

残念。誰からでもなく、業者からのお知らせメール。
そっかぁ、明日、私の誕生日かぁ……。
他人に言われると、より実感する。
誰か、私の誕生日、祝（いわ）ってくれるかなぁ？

たまった宿題を済ませて、お風呂に入って、就寝の準備に入る。
気づけば時刻は、23時57分。
あ、もうすぐ明日だ。
こんな夜中に、特別なにかが舞いおりてくることはない。
当然、明日も学校だし、友達がパーンッ！とクラッカーを鳴らして遊びにくることもない。
そんなことは14年も生きていれば理解もする。
だけど、自分の誕生日の瞬間を見届けてから眠りたい。
もしかすると、友達の誰かが誕生日メールくらい送ってきてくれるかもしれない。
そんな期待を抱いて、パソコンの電源を入れる。
あと３回長い針が動けば、“明日”という日になる。
他の時間と同じく、23時59分と24時は、針の位置が少し変わるだけなのに……不思議（ふしぎ）なもので、この瞬間だけは、日付をまたぐ特別な１分。

毎日こうやって、どこかの誰かが誕生日を迎えるんだろうなぁ……。

——カチカチカチ。

24時ちょうど。

イェ〜イ！　ハッピーバースデー、私！

ひとりでお祝いするけど、部屋は静寂(せいじゃく)に包まれたまま。

……え。私、もしかして誕生日、忘れられてる……？

せっかくパソコンの前で待機していたのに、誰からもメールが来ない。

ふいに浮かぶ不安と、同時に生まれるさびしさ。

もし、今日中に誰からも「おめでとう」って言ってもらえなかったら……。

世界一の不幸者だと思う。

ここまできたら、もう開きなおろう！　うん！

ポジティ〜ブ！

……私、こんなんだから、みんな“おめでとう”メールくれないの？

帰宅してから少しだけメールのやりとりしていた啓吾からも、返事が来なくなった……。

啓吾には私の誕生日を教えていないから、おめでとうメールが来ないのはわかっていた。

こんなことなら、啓吾に教えておけばよかった……。

聞かれてもいないのに、誕生日を自分から教えるのが嫌だったなんて……。

そんなヘンなプライドを今さら後悔した。
私の不安をよそに、刻々と過ぎゆく時間。
よく聞く「時間よ止まれ」とは、こういうときに使う言葉なのか、と思ったりした。
――ピコン。
受信ボックスに１通のメールが届く。
あ、もしかして、夏美からのおめでとうメールかな？
すぐに返事をするのも、おめでとうメールを待っていたみたいですごくはずかしい……。
でも、待っていたのも事実！
まだまだ他人に祝ってもらいたい年頃です。
ありがとう！　夏美！
と、思いながらメールを開くと……。
「啓吾からぁ!?」
思わず部屋で大きな独り言をつぶやいてしまった。

《サプライズ。
誕生日おめでとう。
なあ、俺が第１号？》

私の誕生日を覚えててくれた人がいたなんて……。
しかも、それがやっぱり啓吾だったなんて……。
さっきまでの不安のせいか、あやうく泣いてしまいそうになった。

《ありがと──！
第１号？　なにが？
ってか、なんで誕生日知ってるの……？》

あれ？
教えてないよね……？

《咲希に“おめでとうって言った”第１号？
お前、プロフィール持ってんじゃん？
それに書いてあった》

あぁ、なるほど！
私はネット上で友達を作る際、簡単に自己紹介するために、SNSサイトでプロフィールページを作っていた。
なにげなく、付き合う前に啓吾にそのURLを送っていて。
「読んでおいてね！」なんて、あつかましくお願いしていたのを思い出した。
カアァ……。
顔が熱くなる。
あのとき、ちゃんと読んでいてくれたんだ……。
神様、私は、世界一の幸せ者です。

《もちろん最初だよ!?　第１号！
てか、みんなに忘れられてるかも……。悲しい……。
明日、みんなのこと怒っておく！

お手数ですが
切手をおはり
ください。

郵便はがき

104-0031

東京都中央区京橋1-3-1
八重洲口大栄ビル7階

スターツ出版(株) 書籍編集部
愛読者アンケート係

(フリガナ)
氏　名

住　所　〒

TEL　　**携帯／PHS**

E-Mailアドレス

年齢　　**性別**

職業

1. 学生(小・中・高・大学(院)・専門学校)　2. 会社員・公務員
3. 会社・団体役員　4. パート・アルバイト　5. 自営業
6. 自由業(　　　　)　7. 主婦　8. 無職
9. その他(　　　　)

今後、小社から新刊等の各種ご案内やアンケートのお願いをお送りしてもよろしいですか?

1. はい　2. いいえ　3. すでに届いている

※お手数ですが裏面もご記入ください。

お客様の情報を統計調査データとして使用するために利用させていただきます。
また頂いた個人情報に弊社からのお知らせをお送りさせて頂く場合があります。
個人情報保護管理責任者:スターツ出版株式会社 販売部 部長
連絡先:TEL 03-6202-0311

愛読者カード

お買い上げいただき、ありがとうございました!
今後の編集の参考にさせていただきますので、
下記の設問にお答えいただければ幸いです。よろしくお願いいたします。

本書のタイトル(　　　　　　　　　　　　　　　　　　　　　　　　　　)

ご購入の理由は?　1.内容に興味がある　2.タイトルにひかれた　3.カバー(装丁)が好き　4.帯(表紙に巻いてある言葉)にひかれた　5.本の巻末広告を見て 6.ケータイ小説サイト「野いちご」を見て　7.友達からの口コミ　8.雑誌・紹介記事をみて　9.本でしか読めない番外編や追加エピソードがある　10.著者のファンだから　11.あらすじを見て　12.その他(　　　　　　　　　　　　　　　　　　　　　　　　　　)

本書を読んだ感想は?　1.とても満足　2.満足　3.ふつう　4.不満

本書の作品をケータイ小説サイト「野いちご」で読んだことがありますか?
1.読んだ　2.途中まで読んだ　3.読んだことがない　4.「野いちご」を知らない

上の質問で、1または2と答えた人に質問です。「野いちご」で読んだことのある作品を、本でもご購入された理由は?　1.また読み返したいから　2.いつでも読めるように手元においておきたいから　3.カバー(装丁)が良かったから　4.著者のファンだから　5.その他(　　　　　　　　　　　　　　　　　　　　　　　　　　)

1カ月に何冊くらいケータイ小説を本で買いますか?　1.1～2冊買う　2.3冊以上買う　3.不定期で時々買う　4.昔はよく買っていたが今はめったに買わない　5.今回はじめて買った

本を選ぶときに参考にするものは?　1.友達からの口コミ　2.書店で見て　3.ホームページ　4.雑誌　5.テレビ　6.その他(　　　　　　　　　　　　　　　　　　　　　　　　　　)

スマホ、ケータイは持ってますか?
1.スマホを持っている　2.ガラケーを持っている　3.持っていない

学校で朝読書の時間はありますか?　1.ある　2.今年からなくなった　3.昔はあった　4.ない

ご意見・ご感想をお聞かせください。

文庫化希望の作品があったら教えて下さい。

学校や生活の中で、興味関心のあること、悩みごとなどあれば、教えてください。

いただいたご意見を本の帯または新聞・雑誌・インターネット等の広告に使用させていただいてもよろしいですか?　1.よい　2.匿名ならOK　3.不可

ご協力、ありがとうございました!

でも、啓吾からおめでとうって来るなんて思ってなくて、
最高のサプライズになった。
忙しいのに、夜遅くに本当にありがとう》

啓吾って、こういうところで頭がキレる。
というか、人を喜ばせる天才！
いつもこうやって、私のことワクワクさせてくれる。
私も啓吾のこと喜ばせたりしたい！

《ねぇ、誕生日だから、ひとつだけお願い聞いてよ。
私のプロフィールに啓吾の誕生日とか、好きな食べ物とかも追加してよ！》

私の周りでは、カップルでネットのプロフィールを作るのがはやっていた。
中学の友達も「○○カップル、１ヶ月突破(とっぱ)！」とかふたりで更新したりしていて、うらやましいなと思っていた。
啓吾は面倒くさいことが嫌いだったから、私のようにプロフィールを作ることはなかった。
でも、せっかくだから、私もみんなのようにふたりのプロフィールを作りたいと思った。
これなら、周りの友達にも私たちカップルのことを知ってもらえる。
なにより、文字に残るということが、ふたりの恋人の証(あかし)みたいでうれしかった。

啓吾は面倒くさがるだろうと思い、今までお願いしなかったけど……。

誕生日だからお願いを聞いてもらうという賢(かしこ)い選択(せんたく)をした私に、啓吾はしぶしぶ……承諾(しょうだく)してくれた。

１から作成するのはヤダ、と言われたので、私のプロフィールページに彼氏として追加することにした。

名前：啓吾と咲希
誕生日：３月23日
好きなこと：空を見あげること
一言：ずーっと一緒にいようね！　大好き。
　　　離れててもたったひとつの空の下。

私たちの大事なプロフィールページは、ふたりがいつでも編集できるように、ふたりの記念日である"323"というパスワードに変更した。

遠く離れていても、隣にいることができなくても、これで十分。

私がこんな風にしたい、ということを、啓吾はいつも叶えてくれた。

できないことはたくさんあったけど、啓吾の存在が、啓吾の言葉が、啓吾のすべてが……私の支えになっていた。

こうして私は今日も、啓吾のおかげで幸せな眠りにつくことができた。

次の日。

私は幸せな気持ちを抱えつつ、朝から教室で友人たちに怒鳴り散らかして、みんなからさんざん「おめでとう」をもらった。

半強制的にだけど。

さらに放課後、部活を終えてから夏美にもグチを言った。

「も〜、夏美からは連絡来ると思ったのに！」

「ごめん、ごめん！　私、寝るの早いからさぁ。忘れてたわけじゃないんだよ？　ほら、誕生日プレゼント！」

ギュッと握(にぎ)りしめていた手を、パッと勢いよく開いて見せてくれる。

夏美の手のひらには、可愛いクマのペアキーホルダーがあった。

「これ……って、もしかして？」

「そうだよー。啓吾くんにも早く片方、渡せるといいね！」

夏美は、私と啓吾がひとつずつ持てるようにと、ペアのキーホルダーをくれたのだ。

今まで遠距離恋愛だったから、ふたりで共有していたのは“空”だけだった。

でも、夏美がこうして実際にモノとして形にしてくれたら、ますます恋人みたいで、ペアキーホルダーが特別に思えた。

友達に啓吾との関係を認めてもらえているという事実にも、とてもうれしくなった。

もう、付き合ったばかりの頃とはちがう。

お互い成長して、ちゃんと向き合って、恋人になれている。
そう思うと、付き合いはじめてから結構時間がたったんだなと思う。
夏美は、私にクマのペアキーホルダーだということがすぐにわかるように、ラッピングしない状態で渡してくれた。
だから、別で渡してくれたピンク色と水色のラッピング袋にプレゼントを入れなおした。
これは、啓吾に渡すときまで開けないでおこう、と心に決めて学校を出た。

家に帰ると、生クリームたっぷりのまっ白なホールケーキが用意されていて、“お誕生日おめでとう、咲希”とチョコペンで書かれていた。
「もう、お母さん。私ケーキ嫌いって言ったじゃん！」
そう言いながらも、誕生日を覚えていてくれた家族に感謝する。
「誕生日といったら、ケーキでしょう？」
お母さんはうれしそうに、ホールケーキにナイフを入れる。
毎年、こうやって誕生日を祝ってくれる家族がいることを、当たり前だと思わないようにしたいな。
そして、私もいつか、啓吾と……。
考えてまた幸せになった。
今日は一日、素敵な誕生日でした。ありがとう。

あの気持ちは嘘だったの？

【咲希side】
　誕生日から１ヶ月が過ぎ、夏休みに入った。
　部活動では、夏休み前に３年生にとっては最後の大会が行われた。
　私たちはあまり強いチームではなかったから、勝ちあがることはできず、その日を最後に新メンバーになった。
　監督や後輩で相談し、私は部長になった。
　夏美が部長に選ばれると思っていたので、少し驚いた。
『私が咲希をしっかり支えるから大丈夫！』
　副部長になった夏美はそう言ってくれた。
　選ばれたからには、しっかりとした部長になりたい。
　来月は新メンバーになってはじめての練習試合がある。
　それに加え、陸上記録会もある。
　私たちの学校はあまり大きくないから、陸上部がなく、地区の大会には、マラソン大会の上位が選出されるのだ。
　私は中距離走800mの選手に選ばれていた。
　去年も同じ種目を走っていたので、記録を伸ばしたいという一心で練習に励んでいた。
　毎日が体力勝負だった。
　部長を任されたことも、中距離選手になったことも、つらいと思うこともあった。
　でも、毎日がすごく充実していた。

そんな日々の中でも、啓吾の存在は私を助けてくれた。
声を聞けなくても、メールで毎回励ましてくれた。

《今日は最悪だった……。
チームがダラけるのはお前のせいだ！って監督に怒られた。それに、タイムが伸びなかった……》

《あんまり無理すんなよー？
咲希、十分がんばってんだし。
その努力がいつかちゃんと報(むく)われるよ》

私は最近疲れていて、メールを送ってすぐに寝てしまう。
だから、啓吾からの返事は次の日の夜に見るようになっていた。
やりとりのペースはすごく遅かった。

《ありがとう。
啓吾がちゃんと、私ががんばってること、わかってくれてるからがんばれる！
啓吾は受験勉強、順調？》

《俺、勉強マジメにしてるの、はじめてかも。
今までサボッてきたから、挽回(ばんかい)しないとな。
勉強って、すっげー難しいんだな……》

啓吾も受験勉強で忙しそうだった。

でも、お互い同じ時にがんばっているってうれしい。

啓吾が勉強がんばってるから、私もつらくなってもがんばろうって思えた。

こうやって、お互いの気持ちを高め合える存在がいることはすごくうれしかった。

夏休みもなかばに差しかかり、8月中旬となった。

「最近、啓吾くんとどう～？」

部活の休憩中にニヤニヤと夏美が聞いてくる。

「あんまり連絡取ってないんだよね。でも、ケンカもしないし、お互いがんばることがあるから私は不安じゃないけど！」

「えー！　私だったら、会えないから少し不安になるけどなぁ。ま、咲希が大丈夫ならいいんだけどっ」

「もー、そんなこと言われたら不安になるじゃんっ！　人の心配の前に、夏美こそ最近どうなのよ？」

夏美は、同じ学年のバレー部の男の子のことが好きらしい。

その人はすごく優しくて、がんばり屋さん。

いつも隣のコートで一生懸命に練習しているのを知っている。

たくさん応援してくれていた夏美だから、素敵な人を好きになってくれてうれしい。

私も夏美を応援したいな。

「うるさいっ！　今度、メアドでも聞いてみようかなー」

──ピー！

夏美の声と同時に、休憩終了のブザーが鳴った。

部活と陸上の練習を終えて、夕方６時。

クタクタになって家に帰る。

「おかえりー、ご飯できてるけど、お風呂先に入っちゃいなさい」

お母さんの声に促されて、お風呂に入る。

湯船に浸かると、少しウトウトしてしまった。

すぐにあがってリビングへ向かう。

「やっぱり、ご飯の前に10分だけ寝るー」

お母さんに伝えて、階段をのぼり部屋に入ると、ベッドに倒れこんだ。

＊　＊　＊

──ガタンッ。

『ちょっと待って！』

叫んだはずの声が出ない。

それでも、キミは振り向いてくれた。

あと少し、あと少し、手を伸ばしたとき……。

『ごめんな』

キミは少しさびしそうに笑ってから、そうつぶやいた。

そして、私の手を払うと、背中を向けて歩きだした。

頭の中に浮かぶ言葉を一生懸命に叫ぶけど、それが声になることはなかった。
　私はその小さくなる背中を、黙って見つめることしかできなかった。

＊　＊　＊

　目が覚めると、体中、汗でビッショリ濡(ぬ)れていた。
「夢……か」
　少し心拍数(しんぱくすう)のあがった心臓のあたりをギュッとつかんで、夢でよかったと何度も心の中でつぶやいた。
　それでも、あの背中が啓吾の姿に見えて仕方なかった私は、不安感を消すことはできなかった。
「久しぶりにすごく嫌な夢を見た……」
　気分転換(てんかん)をしようと、窓を開けて外の空気を吸う。
　まだ空はまっ暗だった。
　時計を見ると、午前３時。
　10分だけのつもりが、寝すぎてしまったみたい。
　お母さんもきっと、疲れてると思って起こさないでいてくれたんだ。
　外の空気を胸いっぱいに吸いこむと、夏の匂(にお)いがした。
　他の季節とはちがう、虫の声やカラッとした空気。
　夏に生まれたからか、夏を感じることがあると妙に落ちつく。
　嫌な夢を見たけれど、夜空を眺(なが)めると心が落ちついた。
　夏休み中は、ほとんどが部活と陸上記録会の練習で一日が終わる。

一日中体を動かしているからか、すごく疲労を感じる。

明日も、朝から部活をやって、夕方からは陸上の練習。

ずっしりと重い体を十分に休めなければいけない。

けれど、一度目覚めた体からは悪夢に対する拒否(きょひ)反応が出ていて、もう眠れそうにない。

私はベッドに戻るのをやめた。

少しだけ残る“嫌な予感”を払拭(ふっしょく)したかった私は、パソコンを立ちあげた。

開けっぱなしの窓から、夜風が入りこむ。

真夏なのに、夜風は涼(すず)しい。

これも、夏が大好きな理由だ。

しかし……嫌な予感は的中していた。

女のカンとは、どこまで鋭(するど)いものなのかな。

啓吾からの1通のメール。

《考えた、たくさん考えた。
ごめんな。
でも、俺が出した答えは、咲希と一緒にいることじゃねぇ。
ごめんな、大好きだよ。
今でも大好きだ。
だからさ、俺のことフッてくんねぇ？》

“俺のことフッてくんねぇ？”

頭がまっ白になった。

心臓の動きが速くなったのがわかった。
どうして、こんな急に……。
私は目覚めたばかりの鈍い頭を働かせることができなかった。
深呼吸をして、昨日のメールのやりとりを思い出す。

《今日も、学校で補習だった。
咲希は部活と陸上、どう？
あと２週間だし、踏んばれ》

啓吾からは普通の返事が来ていた。

《忙しそうだねぇ……。
あんまりがんばりすぎても、体壊しちゃうよ？
あ、それは私もだね。
私は今日、部長っぽいことできたと思う！
このままあと２週間の夏休み、突っ走るよ！》

私の返事におかしいところはない。
それなのに、この啓吾のメール。
どうして？
いきなりすぎるよ。
なにがあったの？
夏休みが始まってから今日まで、とくに啓吾に変わったところはなかったはず。

こんなに前触(まえぶ)れもなく、関係は終わってしまうの？
何度もパソコンの中の文字を読みなおす。
けど、何度読んでも内容は変わらなかった。
「…………」
返事を送ると終わってしまいそうだった。
私たちの関係が途切れてしまいそうだった。
私の中の、たったひとつの大事なものが消えてしまいそうで……返事を送ることはできなかった。
心の中はおだやかではなく、その気持ちを察するかのように夜風が私を包みこんでいた。

それからというもの、部活中も、陸上の練習中も、啓吾が言った「ごめんな」の言葉が頭から離れなかった。
次の日、家に帰ってもう一度、ここ１ヶ月のメールのやりとりを見なおしてみた。
やっぱり、とくに変わった様子はない。
どこを探しても、理由が見当たらなかった。
なにもまちがえていないはず。
やりとりこそ少なかったものの、それはお互い忙しかったからで……。
啓吾が嫌がるような話をしたわけでもないと思う。
ホント、ここ最近はずっと啓吾の勉強や、私の部活と陸上の話ばっかりだった。
なにが啓吾をそうさせてしまったんだろう……。
理由は私ではない気がした。

啓吾も、私のことはまだ好きって言ってくれているし……。
啓吾の身の周りでなにかが起きている……。
それが、啓吾からあんなメールが来た理由な気がする。
早く返事をしなきゃ、とは思うものの、どんな返事をしても啓吾の決意は変わらない気がした。
だから、返事をしたら私たちは終わってしまう。
そんな思いから、3日間、返事を送ることができなかった。

その3日間は、ひどいものだった。
「おい！　一瀬!!　お前、部長やる気あんのか？　今からでも代わってもらっていいんだぞ！　気が抜けてんなら、部活来るなよ！　周りに迷惑かけるだけだろ」
今日も監督に何度も怒られた。
「大丈夫？　あんまり気にしちゃダメだよ！」
夏美はそう言ってくれたけど、あきらかに私が悪い。
監督の言うとおりだ。
部長である私がこのままじゃ、誰も私についていきたいとは思わない。
あと約1週間半で初の試合もある。
陸上だって、大会まで数日だ。
このままでは、私の1ヶ月の努力がムダになってしまうと思い、家に帰って頭を冷やしてから啓吾に返事を送ることにした。
でも、どうして「ごめんな」なの……？
結局、考えても理由が自分の中に見当たらなかった私は、頭の中が整理できないまま返事をするしかなかった。

《100歳まで一緒にいるって言ったよね。
ふたりでプロフ作って、幸せになろうね……って約束したばかりだよ？
ケンカしたとき、私に絶対、隣にいてって言ったよね？
あれは、あの気持ちは嘘だったの？
好きなら、まだ一緒にいてよ！
どうして離れようとするの？
好きでいてくれてるのに、離れることになんの意味があるの……》

まだ好きなんだよ……？
こんなに好きになってしまったんだよ……？
どうして今さら……遅いよ……。
啓吾の手を離すなんて、できない。
遅すぎるよ……。
そんなこと言うなら、どうして付き合ったりしたの。
でも、啓吾の気持ちは変わらなかった。

《好きだからこそなんだよ……。
なぁ、お願い。
俺、もうなにも失いたくねぇんだよ。
家族も、友達も、咲希も……。
なにも奪われたくないんだよ。

だから俺は自分から手放して、自分の気持ちを守ること
しかできねぇんだよ。
わかってくれよ……》

わからないよ……。
私にはわからない。
失いたくないものを自分から手放すなんて……。

《失いたくないなら、一緒にいればいいじゃん!!
それじゃダメなの!?
私と一緒にいたら、啓吾は幸せになれないの？
私じゃ、啓吾を幸せにできないの……？》

もう、この気持ちは啓吾に届かないのかな。
メールを打ちながら、涙があふれた。

《だから、もう一緒にいられねぇから言ってんだよ。
幸せだったよ、楽しかったよ。
でも、ダメなんだよ。
これじゃ、ダメなんだよ。
ごめん。べつに、咲希が悪いわけじゃねぇのにな。
なぁ、お願い……。
俺からの最後のお願い。
俺のことフッてほしい。
短い間だったけど楽しかったよ》

「……っ」

嫌だよ。

離れるなんてできないよ。

あんなに毎日幸せだったのに……。

数日前まで、私たち普通の恋人だったはずなのに。

どうしてこんなに簡単に壊れてしまうの……？

どうにもならないと頭ではわかっているのに、心が追いつかない。

あぁ、そうか。

私じゃなかったのか。

啓吾を幸せにできるのは、私じゃなかった。

ただ好きなだけじゃ、どうすることもできない。

こんなにも私は無力なんだ。

私が納得できないままでも、状況はなにも変わらないことはわかっていた。

だから、無理やり納得する理由を自分に言い聞かせた。

こんなときでさえ、啓吾を抱きしめることができない環境を恨んだ。

もっと近ければ、啓吾の気持ちを理解してあげられたかもしれない。

顔を見て話せれば、抱きしめることができれば……。

私の知らない苦しみに、ただただひとりで耐えることを選んだ啓吾を、止めることすらできなかった……。

ねぇ、啓吾。

なにがあったの……？

……いつか、話してくれるって言ってたのにな。
どうして、最後まで言ってくれなかったんだろう。
やっぱり私じゃ頼りなかったのかな。
キミと過ごした日々で、傷が癒えたのは私だけ。
成長させてもらえたのも、私。
私は啓吾のために、なにもできなかった。
ほんの少しの幸せくらいは、あげられてたかな。
もらってばかりだった私に、啓吾を止める権利はない。
気持ちの固まった啓吾を止めることはできない。
そう、自分に思いこませるしかなかった。

《わかったよ。
でも、私はずっと啓吾が好きだから……。
大好きだから……。
啓吾以外、考えられないから。
ストーカーされたくなかったら、このメールアドレス変えてよね？笑
じゃあね、バイバイ。
楽しい日々をありがとう》

俺のことは忘れて幸せになって

【咲希side】

ドスン、と絶望の底に落ちた音がした。

啓吾との、当たり前に幸せな日々が浮かぶ。

ここ最近の出来事が鮮明に記憶に残っている。

でも、もう昨日までの啓吾はいない……。

手の届かないところへ行ってしまったんだ、と理解することが、私にはまだできなかった。

この日はじめて、一方通行の道に限界があることを知った。

片方の気持ちが絶対であれば、なにがあっても、いつか道は開くはず……。

そう信じていた気持ちも、嘘のように消え去った。

あの日、あのとき、あの約束を、私はすべて忘れることにした。

《啓吾の受験が終わったら会いにいくね》

《100才まで一緒にいようね！》

「……っ」

《俺が全部受け止めるよ》

《俺のこと信じろよ》

啓吾との約束や、啓吾にもらった言葉が浮かんでくる。
これも、早く全部忘れなきゃ。
どんなに心で思っていても、動きはじめた感情を止めることなんてできるはずないのに。
私が啓吾について知っているのは、名前と顔と年齢と……。
それから、バスケとサッカーが得意って言ってたなぁ。
……今年の冬は受験、がんばってほしいな。
勉強がんばってるから大丈夫だよね。
私がこんな風にクヨクヨしている今も、きっとがんばって勉強に向き合っているんだろうな。
でも、その一瞬一瞬の彼の表情を、感情を、私は知らない。
私は啓吾が言葉で伝えてくれたことしか知らない。
会ったこともなければ、声すらも聞けなかった。
それなのに、思い浮かぶのはキミとのメールの内容ばかり。
出会いは突然で、何人もいるチャット友達の中のひとりだった。
あのとき感じた不思議な感覚を、今も昨日のことのように覚えている。
思えば、あのときの感情に気づかなければ、こんなに傷つくこともなかったのに。
思い出はたくさんあるのに、私たちはたった一言で、それらもすべて失ってしまう。
この関係に終止符（しゅうしふ）を打つことができてしまう。
引きとめたい、すがりたい。
強くなりたい、と決めたはずなのに、隣に啓吾がいなきゃなんの意味もない。

これから、誰が私を支えてくれるの？

誰が啓吾を支えていくの？

誰が、啓吾を闇(やみ)から救ってくれるの……？

……ふたりで作ったプロフィールページ。

なんとなく開いてみると、幸せだった時間が、そこにはまだあった。

名前：啓吾と咲希

誕生日：３月23日

好きなこと：空を見あげること

一言：ずーっと一緒にいようね！　大好き。
　　　離れててもたったひとつの空の下。

編集した日から、なにも変わらない。

時間は残酷(ざんこく)で、刻(きざ)むことをやめずに、人の心さえも変えていってしまう。

だけどプロフィールページの中では、時が止まっていた。

できることなら、このまま幸せな時間をここに閉じこめておきたい。

でも、もう“過去”にしなければいけない。

啓吾がいなくなったことを……受け入れなければ。

この場所に幸せを残しておいてはいけない。

前に進まなければ……。

そう思った私は、啓吾にお願いしてやっとふたりのものにできた、思い出のプロフィールの内容を変えた。

名前：咲希
誕生日：３月23日～８月25日
一言：キミが笑えるなら、それでいい。
幸せなら、それでいい。
私は今も、キミのことが変わらず大好きです。
どうしてこうなったのか、私にはわからない。
でもキミが笑ってるなら、きっと空も笑うよね。
短い間だったけど、ありがとう。
大好きだよ。
手が届けば、離すことがきっとできなくなるから、
遠い距離でよかったと思えたよ。
このまま、いつかこの恋を思い出して「そんなこ
ともあったなぁ」って思える日が来ますように。
さようなら。
咲希

キーを打つ手の甲(こう)に、ポタポタと涙が落ちてきた。
前に進もうとすればするほど、それを止めるかのように、
こぼれ落ちる涙。
あふれてくる感情、止まらない想い。
どこでまちがえた？
ただ啓吾の彼女、という幸せな場所にいることができれ
ば、それでよかった。

それ以上のことなんか望んでいなかった。

無我夢中でキーを打った。

届かぬ想いと、わかりながら……。

さよなら、と送った最後のメールにきっと返事は来ない。

来ない返事を待つつらさはわかっている。

だから、待つことはしない。

泣きつかれた私は、すぐに眠りにつくことができた。

次の朝、目が覚めても今日という日が楽しみじゃなくなった。

また前と同じ、つまらない日々の繰り返し。

笑っても泣いても、変わることはない。

なぐさめてくれる相手も、甘やかしてくれる相手もいなくなった。

私にとって、それはすべて啓吾だったんだと今になって気づく。

また今日からひとりぼっち……。

涙があふれて、重たい体を起こすことはできなかった。

せめて、さよならの理由さえ理解できれば……。

それを知ることができれば、少しは救われたかもしれない。

曖昧なまま、関係を終えるのはやっぱり嫌だ。

……まだ忘れられないよ。

忘れられるわけがない。

だから、忘れられるまではキミを想わせてほしい。

迷惑はかけないし、自分から接点も作らない。

連絡は取れなくても、ただキミという存在が、私と同じこの空の下で同時に息をしている、という幸せを噛みしめるだけでいい。

大好きだから……。

はじめて生まれたこの想いを、まだ大切にしていたい。

「……っ」

こんなときにかぎって、いつかの啓吾とのやりとりを思い出す。

《俺、名前がふたつあるんだよね》

最初は、どういう意味かわからなかった。

《え？　苗字と名前ってこと？》

《ちがう、ちがう。
俺、親父がつけた名前が“啓吾”っていうんだよ。
んで、お袋がつけた名前が“美咲（みさき）”っていうんだ。
美咲って名前は、特別なヤツにしか呼ばせねぇけどな。
戸籍（こせき）上は啓吾だから、みんな普通は啓吾って呼ぶよ。
ほんの一部だけ、美咲って呼んでるけど》

啓吾の両親が離婚しているのは、知っていた。

でも、名前がふたつあるという話はとてもめずらしいし、私は聞いたことがなかったから驚いた。

そんなことって、あるんだ……。

どうしてご両親は、別々の名前をつけたんだろう。

……繊細（せんさい）な問題だから、それ以上深く追及することはできなかったけど……。

啓吾のお母さんが、啓吾のことを“美咲”と呼んでいたことだけは、たしかだろうと思った。

あのとき、私は「美咲って呼んでもいい？」と、聞けなかった。

もう少し、近い存在になることができたときに呼ばせてもらおう。

なにかきっと特別な思いがあるんだ……そう思っていた。

だけど……。

ほら、またひとつ、できなくなったことが増えてしまった。

叶わぬ願いとなって、消えてしまったよ。

どうして名前がふたつあるの？

どうして特別な人だけが美咲って呼ぶの？

たくさん聞きたいこともあったのに……。

それから2日間、部活と陸上を休んでしまった。

家族はなにがあったのかと心配していたけど、私が話さないからあまり聞いてこなかった。

また始まった“今日”は、私の感情を置き去りにして刻々と時間を刻んでいく。

部活の試合も、陸上の大会も私を待ってはくれやしない。

せっかく、ここまでがんばったんだ。

啓吾のことは忘れられないけれど、今は前を向かなきゃ。
家族にも先生にも友達にも、迷惑はかけられない。
今日も一日、嫌なことを考えてしまったけど、明日こそは練習に行こう。
夕方になって、私が２日も休んで夏美が心配しているだろうと思い、パソコンのメールを開いた。
すると、予想どおり夏美からメールが来ていた。

《いきなりどうしたの？　風邪でも引いた？》

夏美からのメールを見たら、泣きそうになったけど、我慢した。
試合と大会が終わったら聞いてもらおう。

《大丈夫だよ、明日こそは練習参加します！
ちょっと、落ちついたら話を聞いてほしい！》

そう返事をして受信ボックスを見ると、もう１通メールが来ていた。
「嘘っ……。なんで？」
啓吾からのメールだった。
返事が来るとは思っていなかったので、ひどくとまどう。
でも、もしかしたら、“やり直そう”の一言があるかもしれない……。
そんな期待を抱き、そっとメールを開いた。

《いきなりごめん。嫌だったら読まなくていい。
ごめんな。今は言えない事情がある。
大好きだよ、忘れらんねぇよ。
でも、一緒にいられない。
俺がちゃんと想える人ができるまで、それまで咲希のこと想わせて。
無理って言われても、ゆずらねぇよ。
まだ好きだ。
ごめんな。
俺のことは忘れて幸せになって。
ありがとな》

……私の期待は大きく外れていた。
これは、啓吾からの最後のメール。
バカな私でも理解できた。
これに返信することはできない。
この想いを私に止めることはできない。
ここで耐えなければ。
啓吾の事情を受け入れなければ……。
「もしかして」という希望さえ、持っていてもつらくなるだけなのは、十分に理解できた。
私には、もうなにもできない。
ただ時間の流れとともに、この気持ちが風化(ふうか)していくことを願うだけ。
そう、時間に身を任せればいい。

きっと、時間が解決してくれる……。

啓吾を責めたい気持ちも少しはあった。

どうして、という答えが見つからない思いを、この先も私はひとりで抱えなければいけない。

だけど、きっとこの別れは啓吾ひとりの問題じゃないんだ。

なにか私にできたことがあったのかもしれない。

啓吾の気持ちに、もっと早く気づいていれば。

私が……啓吾のすべてを受け入れられるほどの人間であれば。

だから、啓吾だけを責められない。

私にも問題があったから、こうなったんだ。

もう、どうすることもできないけれど……。

それからというもの、私は空を見あげることもできなければ、綺麗だとも思えなくなった。

それでも、もう少し……あと少ししたら、歩きだせるかもしれない。

そうしたら、また前を向いて進めるだろう……。

啓吾が大好きだからこそ、我慢をした。

私の過ちを受け入れてくれた啓吾が大好きだからこそ、私はキミとの恋に“終止符”を打ったんだよ……。

＊　＊　＊

別れてから１ヶ月が過ぎた。

私は無事、試合と大会を終えることができた。
努力のかいあってか、バレー部の練習試合では4チーム中1位になることができた。
また、陸上記録会の中距離では新記録を達成した。
地区大会ではたくさんの中学校が集まり、選手がたくさんいるから、賞こそは逃したものの、学校の歴代(れきだい)記録を更新した。
だけど、私はどこを探しても見つからない、“キミの忘れ方”を今も探しつづけてるよ……。
失ったモノは大きすぎて。
それに気づいたのは、失ってしまってから、で……。
この気持ちにも“終わり”が来れば、どれだけ楽か。
でもきっと、そんなのありえないなって思った。
「俺のこと忘れて」なんて、そんなことできない。
やり方なんて、誰も教えてくれはしないから……。
大好きな空に終わりがないように、私の気持ちにも終わりがない。
私にとっては、啓吾が空だったよ。
大好きで、大きくて、なんでも受けとめてくれて。
本当、“空”みたいだった。
あぁ、幸せだった頃の強い咲希は、どこへ行ったんだろ？
でも、いつまでも立ちどまってちゃいけないよね。
泣いても、苦しんでも、叫んでも、変わらぬ過去なら……。
未来を作っていかなきゃ。
明るい未来を。

私は啓吾をまだ好きでいていい。

好きなまま、前に進めばいい。

誰かに迷惑をかけるわけじゃない。

ただ、心の中でそっと想っているだけ。

自分の気持ちには、嘘をつきたくないから。

そして、どんな気持ちを抱いていても、“今”は楽しまなきゃ。

中学の友達と、先輩と、後輩と一緒にいられるのは、今しかないんだもん……。

勉強に部活に遊び……私には未来がたくさんある。

そう思うと、ほら、見られないと思っていた空も、いつの間にか見あげられるようになった。

「よかった、今日は晴れてる」

啓吾も、きっと笑ってる。

ポッカリと空いてしまった心の穴を、少しずつ埋(う)めていこう。

啓吾と別れたことは、まだ夏美にさえ言っていなかった。

大会が終わったら、と言ってはいたものの、実際はまだ口に出したら泣いてしまいそうだった。

「話したくなったときに、話してよ」と、夏美は私のペースに合わせて、待ってくれていた。

友達にも、家族の誰にも話さないで、人前では泣かなかった。

そもそも、家族にはまだ啓吾の話をしていなかった。

お母さんとお姉ちゃんには、私に彼氏がいることは伝えていた。

でも、ネット上の付き合いだったから不安にさせるかなと思い、詳しいことは話せなかった。

いつかは話せたらいいのに、と思っているうちに、関係は終わってしまったけれど……。

だから、もう話すこともないし不安にさせることもない。

がんばって立ちなおろう。

笑顔でいれば“空が笑う”んでしょ？

だから、いつも笑顔でいたいと思う。

そうすればきっと、啓吾も笑顔になってくれるから。

啓吾を忘れられるときが来たら、忘れればいい。

だから、ひとりのときは思いっきり泣いて、友達に幸せをもらえばいい。

この経験を、いつかどこかで思い出して、次の誰かを大事にしたい。

もちろん、その誰かが啓吾であれば、どれほど幸せか……。

そんな風に想っても、もうどうにもできないのだけれど。

学校では私があまりに元気がなかったからか、友達が次々と、「大丈夫？」と声をかけてくれた。

そのたびに、ちゃんと笑って「大丈夫」と言った。

私、そんなに暗い空気出してたかな？

気をつけないと。

私ひとりの事情で、なんの関係もない人に迷惑をかけるのは嫌だから。

　今日も部活を終えて、帰宅時間前に忘れ物を取りに夏美と一緒に教室に戻ってきた。
　ふと、足が止まる。
　夕日が差しこむシンとした教室に、急に感情がこらえきれなくなる。
「ねぇ、なにをそんな深刻そうにしてんのよ。そんなに落ちこんでるのにほっとけない。話してほしい。もう、ひとりで抱えこまないでよ……」
　それは、夏美の声だった。
　私は張りつめていたものが途切れたかのように、夏美の胸に泣きくずれた。
「聞い……って……ほし……い」
　聞き取れたかどうかわからないくらいに泣き叫びながら、私は夏美に伝えた。
　夏美はなにも言わずに私の背中をさすってくれる。
「なかなか話せなくてごめんね。試合が終わったら話そうと思ってはいたんだけど……。いろいろ考えてたら言葉にするのが怖くて……」
　そう言うと、夏美はなにも言わずに私の次の言葉を待っていてくれた。
「今は、別れたっていう現実をちゃんと受けとめてるつもり。……たぶん、啓吾にもなにか理由があったから、別れなきゃいけなかったのは仕方ないと思うんだ。でも、私はその理由を知りたかったの……」
　現実を受けとめてはいたものの、実際に言葉にすると、涙があふれて止まらなかった。

そんな私を見て、夏美は優しく背中をさすってくれた。

「ゆっくりでいいよ」と言ってくれているみたいで、私は安心して呼吸を整えることができた。

「私、もし別れる理由がわかってたら、啓吾のためにもっとなにかできたかもしれない。後悔しても遅いのにね。でも……啓吾は私を頼ってくれなかったの。どんな理由があったとしても、私には話してほしかったのに……」

「咲希……。ごめん、なにか気のきいたこと言ってあげたいのに、言葉が見つからない……」

夏美の言葉からは、どれだけ私のことを想ってくれているか、伝わってきた。

この苦しい思いを夏美に伝えることができて、よかった。

こんな風に、一緒に泣いてくれる人が近くにいてくれれば、いつかは、この苦しい気持ちも過去にできるかもしれない。

……そう思った。

それをバネにして

【咲希side】

大切な人を失ってから、約半年がたった。

中学２年生でいられるのも、あと少し。

石川県では、まだ少しだけ雪が残っていた。

でも、通学路には少しずつ緑色になった木々が増え、春を迎えようとしていた。

そんな私も、今年は受験生。

高校を決める大事な一年になる。

そっか、じゃあ啓吾は受験終わったんだね……。

元気にしてるかな？

啓吾とは、別れてから一度も連絡を取っていない。

連絡したい、と思うこともあった。

でも、私だけが立ちどまっていてはいけないと思い、行動に移すことはなかった。

最近ではこんなに自然に啓吾のことを考えられるくらい、強くなった。

別れたばかりの頃の私なら、きっと考えるだけで苦しくなっていたと思う。

こう思えるようになったのは、お母さんに話せたことも大きかった。

お母さんには夏美に話したあとに、啓吾がどんな人だったかは話さないままだったけれど、別れてしまったことを伝えた。
『まだまだこれからよ〜。若いっていいじゃない。今しか経験できないよ？　そんな気持ち。大人になるとね、経済力とか将来性とか、いろんなことを考えて人を好きになっちゃうから。そういう嫌なこと、全部のぞいてまっすぐに人を好きになれて、よかったじゃない』
　そのときに言われた言葉。
“まっすぐに人を好きになれて”
　そうだよね、私、啓吾のことが本当に好きだったんだ。
　あんなに好きになったこと、まちがってなかったよね。
　少しずつだけど、立ちなおれている気がする。

＊　＊　＊

『男を忘れるには男だって！』
　夏美に相談したあと、夏美が何度も背中を押してくれて、他の人を好きになろうとした。
　冬休みに入る、少し前。
　隣のクラスの、優しくて頭がいい男の子。
　その人は、陸上で中距離選手として一緒に練習していた中のひとりだった。
　練習中は、女子の応援もしっかりしてくれる男の子だなぁ、くらいにしか思っていなくて、異性として意識することはなかった。
　でも、陸上の大会を終えてからも、学校ですれちがうたびに声をかけてくれた。

啓吾と別れて、恋愛はしばらくいいやと思っていた。

けど、夏美に誰かと付き合ったら変わるかもしれないよ？と言われ、浮かんでくるのはその人だった。

新しく歩きだしたいという気持ちもあり、私の中で芽生(めば)えはじめた恋心を信じてみようと思い、告白した。

その人はすごく落ちついていて、短い言葉でＯＫの返事をしてくれた。

あぁ、これ……啓吾に似てる。

そんな風に思った。

でも、啓吾に似ているからその人を好きになるのはちがう。

いくら啓吾に似ていても、啓吾とはちがう。

『お前バカだなぁ～』

『ほんっと可愛いヤツ』

付き合っているのはまったく別の人なのに、啓吾の言葉を思い出していた。

こんな風に、誰に対しても私は、啓吾を基準に考えてしまっていた。

どうしても比べてしまう。

そんなのは失礼だったから、やっぱり恋愛は当分お休み。

自分勝手に告白して、自分勝手に別れを告(つ)げた。

やっぱりちがう。啓吾と比べたままで、他の人と付き合ってはいけないと思い、１週間で別れてしまった。

すごく、いい人だったのに。

冬休み中は学校に行くことはなかったので、その人の家の前に行って謝ることにした。
『ごめんなさい、前の人を忘れられないの』
『そうなんだ。短い間で、あまり話すことはなかったから咲希ちゃんのことあんまり知らないまま終わっちゃったけど……告白されてうれしかったよ。また陸上、一緒にがんばろうな。来年も出るだろ？　じゃ、また明日』
そう言って、彼は自分の家に入っていった。
ズルズルとその場にいないのも、この人の優しさだと思った。
もう自分勝手な思いで誰も傷つけたくない。
元カレと比べられてうれしい人なんて、きっといないから。
でも、言葉こそ少ない人だったけど、啓吾のときとはちがい、顔を合わせて話せるのは幸せだなって思った。
表情で、相手の感情がよくわかった。
たった１週間の短い期間だったけど、一緒に帰ったり休み時間に話したりすることは、すごく楽しかった。
『帰ろう』って教室に迎えにきてくれる姿が、頼りがいがあって印象(いんしょう)に残っている。
大事にされていたんだ。
それだけで、私の気持ちは温かくなった。

＊　＊　＊

私に新しい彼氏ができたことは、知っている友達も何人かいた。

でも、その人と別れてもう1ヶ月以上たつけど、誰もなにも聞いてこなかった。

新しい人とも一瞬で別れ、啓吾のこともあり……みんな混乱(こんらん)してるだろうな……。

昼休み、ふたりの元カレの話をちゃんと、夏美以外のみんなにもすることにした。

「みんな、黙っててごめん。じつは私、啓吾と夏休み中に別れたんだ……。理由はまた今度話すけど、私、今も啓吾のことが好きなの。隣のクラスの子には迷惑かけちゃったけど……比べたまま付き合うのはいけないと思って別れた。最低なことしちゃった……」

「咲希、夏休み終わってからすごく元気なかったから気づいてたよー。いつ話してくれるかなぁ、って待ってたのに！　隣のクラスの子には、最低なことしたね、ホント！　でも、クヨクヨしてたらその人に悪いよ？　別れるって決めたのは、咲希でしょ？　私たちも、咲希の選択まちがってないと思うよ。これからは、まちがわずに立ちなおるようにがんばるんだよ！」

……そんな風に思ってくれていたんだ。

みんな、私の変化に気づいていながら、私から話すのを待っててくれたんだ……。

「ごめん、話すの遅くなって……。ちゃんと、気持ちの整理したかったんだ。うん、私が決めたことだから、クヨクヨするのはやめる。まちがったことしたのに、応援してくれてありがとう」

「まぁ、いつになっても、話してくれるの待ってるつもりだったしね！　どんな形になったとしても、私たちは咲希の味方だからね！　もう、次は私たちが受験の番になるし、あんまりひとりで抱えこまないことだよ！　すぐ話してよ！」

みんな、そう言ってくれた。

「よし！　もう２年生も終わるし、気分転換もかねて３年生になる前に、“今年度お疲れ会”でもしよっか！」

そんな友達の提案で、次の休みの日にみんなで集まることになった。

私も誘ってくれたのがうれしかった。

当日は夏美の家に10人が集まり、お菓子を持ちよっていろんな話をした。

みんなの彼氏や好きな人の話、これからの進路のこと。

そんな話をしていると、私にはこれからたくさんのワクワクする未来が待ってるんだと思えた。

夏休みは忙しくて、友達と遊ぶヒマがなく学校が始まってしまい、バタバタしていたけど、こうしてみんなとゆっくり女子会ができて、充実した一日を過ごすことができた。

まだ私の啓吾に対する“好き”は消えたりしないけど……。

あとどれくらい、この気持ちが続くかな。

最初は重荷でしかなかったこの気持ちは、月日がたつごとに自信に変わっていることに気づいた。

つらくて仕方なかったけれど、この気持ちがなければ、私は人を……啓吾を本当に好きになれてはいなかった。
　あのとき、啓吾が私を導いてくれなかったら、つらい思いをすることはなかった。
　だけど、つらいと感じられたからこそ、幸せの大きさを噛みしめることができた。
　好きな人が、私を好きでいてくれて、彼女でいられることが"当たり前"ではないと気づけた。
　啓吾を失った代償(だいしょう)はあまりに大きかった……。
　でも、その悲しさから立ちなおろうとしてきたこの日々が、少しずつ私に勇気をくれた。
「やっぱり、啓吾だけが大好きだなぁ……」
　半年たっても消えずに残っている、あのプロフィールも大事な思い出。
　あの日、私が最後に書いた言葉はまだそこにある。
　あの日のつらかった気持ちを絶対に忘れない。
　これからは、それをバネにして成長していこう。
　ここまで来られたのは、家族や友達の支えがあったから。
　本当にありがとう、みんな大好き。
　もちろん、啓吾も……。

３月23日まで待ってる

【咲希side】

３月10日。

啓吾と出会って約１年がたとうとしていた。

私は中学３年生になる準備で忙しかった。

部活では、新入生を受け入れる準備や、春の大会に向けての練習に力が入っていた。

また、お世話になった先輩たちを送る会を開くために、部活時間外にメンバーと、プレゼントの買い出しをしたりしていた。

勉強面でも、２年生のまとめをするために問題集を購入(こうにゅう)して帰宅後、宿題とは別にマジメに取りくんでいた。

あまりパソコンを開く時間はなかった。

でも、もう少しで１年かぁ……。

そう思い、ふとあのプロフィールを開いてみようと考えた。

なぜかはわからないけど……。

本当になにげなく、ページを開く。

少しドキドキと高鳴る心臓。

あの日、そこに込めた思いをもう一度、たしかめよう……。

【更新日：２月28日】

え……？

私は目を疑った。

私が最後に更新したのは、去年の夏。

啓吾とさよならした日だ。
でも、最後の更新がつい最近の２月になっている……。
誰が更新したんだろう……。
最近、悪用とかはやってるから、いたずらかなぁ。
そうだったら悲しいな。
私の大事な想いがつまっていたのに。
そう思って消そうとして、並んでいる文字を読んだ。

名前：咲希へ
一言：ごめんな。
　　　俺のこと覚えてる？
　　　俺、咲希のこと忘れらんねーよ。
　　　俺、家も家族も友達も、なにもかも失っちまった。
　　　もうなにもなくなったよ。
　　　……なにも失いたくねーよ。
　　　なあ……。
　　　咲希、ワガママかもしんねぇけど、俺のところに
　　　戻ってきてほしい。
　　　３月23日まで……返事待ってる。
　　　美咲

「…………」
その名前を見て、息がつまりそうになった。
忘れるわけない。
私の大好きな、大好きな人の、もうひとつの名前。

私が呼ぶことができなかった、啓吾のもうひとつの大切な名前。
……美咲って、呼んでもいいってこと？
３月23日って……。私たちの１年記念日だ。
あの日、啓吾とさよならをした日の悲しみがこみあげてくる。
やっと、やっと前に進めるようになってきたのに。
少しずつ、この気持ちと向き合えていたのに……。
今さら、都合よすぎるよ……。
そう思うのに、心臓の高鳴りは止まらない。
早く、早く啓吾と話したい。
啓吾の彼女に戻れるのなら、それなら、なにがあってもいいって思ってる……。
まさか……こんな日が訪れるなんて。
啓吾が私のことを覚えていてくれた。
それだけでもうれしいのに……私に戻ってきてほしいと言ってくれた。
衝撃的すぎる日だった。
私がもし、このメッセージに気づくことがなかったら、どうなっていたんだろう……。
こんな物語のような奇跡的な話、あっていいのだろうか？
本当に現実なのだろうか……。
とまどいと同時に、うれしさの方が大きくて、すぐに返事を打ちはじめる。
啓吾と別れてしばらくした頃、私はメールアドレスを変更していた。

いつまでもアドレスに啓吾との記念日の“323”を入れているわけにもいかないから。

だから、プロフィールに書くしかなかったのかな……。

本当に気づけてよかった。

名前：啓吾へ

一言：私も、啓吾のこと一度も忘れたことなかった。
　　　忘れられなかったよ。
　　　返事遅れてごめんね。
　　　ここにメールしてください。
　　　xxx@xxxx.co.jp

少し遅くなったから、啓吾はもう待っていてくれないかもしれない。

そうしたら、この奇跡は終わってしまう。

せっかくつかんだチャンスを逃してしまう……。

不安と戦いつつも、毎日パソコンのメールを開いて待っていた。

それから３日後……。

待ちくたびれた末に、プロフィールではなく、私が書いた新しいメールアドレス宛（あて）に啓吾から直接、返事が来た。

《返事ありがとう。

俺、咲希のこと忘れたことなかった。

だけど、アドレスも変わってるし、もうダメだと思った。
プロフィールページ見てくれて、本当によかった。
奇跡みたいだな。
元気してた？
俺は、元気だったよ。
今さら都合よすぎてごめん。
でも、俺うれしくてヤバい……》

やっと、別れを告げられた日からずっと待ちのぞんでいたことが、叶った気がする。
私も、あの日からずっと大好きだった。
時間だけが過ぎていって、気持ちを変えることはできなかった。

《待ちのぞんでた……この日が来ること。
もう二度と、啓吾と話せないと思ってた。
本当はたくさん聞きたいことあるんだよ？
都合よすぎって罵(ののし)ってやりたい気分だもん。
でも、やっぱり好きな気持ちには勝てないね……。
私の負けです、もう一度付き合ってください》

私たちの気持ちを知るかのように、今日の空は澄(す)みわたっていた。
窓を開けると、フワッと新しい風が吹いた。
……ここからがスタート。

きっとこれも、なにかの縁だよね？

啓吾に出会ってたった１年。

だけど、この１年でいろいろなことがあった。

別れてから、啓吾を引きとめておけばよかったと、何度も後悔した。

啓吾が別れよう、と言ったわけをずっと聞きたかった。

これで、また付き合っていた頃と同じように、啓吾が私に話してくれるまで待つことができる。

また、彼女として啓吾のそばにいられるかもしれない。

一度別れたことで、別れがどれだけつらいものか、この半年間でよくわかった。

だから、次こそは後悔しないようにしたい。

やっぱりどうしても、啓吾の彼女でいたいから。

ここまで待つことができたんだ。

再スタートできるなら、今しかないと思う。

啓吾の言うように、私がたまたまプロフィールを見て連絡できたのは奇跡だと思う。

ううん、きっと運命だ。

《お前……バカじゃねぇの!?

なに先に言ってんだよ、バカ。

取り消し。

俺と、もう一回付き合ってください》

……へっ？

顔が赤くなるのがわかる。
口もとがゆるくなるのがわかる。
あ、この気持ち、知ってる。
ちょうど1年前、啓吾に出会ったこの時期に感じた気持ちと同じだ……。
うれしくてうれしくて、夢でも見てるんじゃないかって、何度も疑った。
メールも、何度も何度も読みなおした。
何度も確認することで、夢じゃないんだと実感する。
まちがいじゃないってわかって、もっとうれしくなった。
数日前までの気持ち。
半年前のつらかった想い。
二度と叶うことのないと思っていた願い。
どんな形であっても、"もう一度"啓吾のそばにいることができる。
それだけで心が温かくなった。
同時に涙が止まらなかった。
啓吾をずっと好きでいてよかった。
叶わぬ想いなど、ないんだと思った。
この気持ちを一生大事にしていよう、そう思った。

《ねぇ、啓吾。
私も、"美咲"って呼んでもいい?》

もう二度と、後悔したくない。

だから、伝えたい言葉は伝えよう。

《なにを今さら言ってんだよ。笑
いいに決まってんだろ》

……叶わぬものなどないんだよ。
美咲に出会って、たった１年でたくさんの感情を感じることができた。
好きな人と一緒に過ごせる、一分一秒が大切だということを、美咲と離れてより強く感じられた。
他人にうまく伝わらない感情や、相手の理解できない行動。
人と付き合っていくというのは、そういうことをふたりで乗りこえていくものなんだと思えた。
もう、美咲とは付き合えないと思っていたのに。
こんな奇跡にめぐり会えるなんて……。

ふたたび始まった美咲との幸せな日々。
あっという間に、だけど確実に時が刻まれていく。
冬の匂いが消えて、通学路にはフキノトウが顔を出した。
春になり、私は中学３年生となった。
クリーニング後の形の整ったセーラー服に身を包み、清々（すがすが）しい気持ちで学校へと向かう。
私の本当の、美咲との物語は、ここから……。
やっと手に入れた、１年ぶりのキミと私のスタートライン。
よーいスタート、で始まるんだよね？

一緒に生きよう

【咲希side】

私たちは、もう一度訪れたこのチャンスをつかみとった。
失った光を、やっと取りもどせた気がした。
美咲を失って、色をなくしていた日々はいつの間にか、とても充実していた。
中学の最高学年として新しく始まる生活。
勉強や部活にも自然と力が入り、周りの友達と切磋琢磨する日々だった。
がんばることが多すぎて挫けそうになるけど、今はひとりじゃないから大丈夫。
美咲が私をメールで支えてくれていた。
しかし、何度でも不安は私の脳裏に浮かんでくる。
メールのやりとりをしていても、もしかしてまた美咲を失ってしまうんじゃないか。
また、なんの前触れもなく別れのメールが来るんじゃないだろうか……。
どうしてもそんなことを考えてしまう。
以前、別れを告げられたときは突然だったから。
忘れてしまうことさえ、許されなかった。
美咲を思うたびに、胸が締めつけられた。
だから、もう二度と失いたくない。
私たちの恋をここで止めたくない。

《今年の夏休み！　会いにいくよ！》

もうこの奇跡を文字だけで終わらせたくない。
もっと関係を近づけたい。
そう思って、思いきって送ってみた。

《え、マジで？　楽しみだな。
じゃあ、そんときは一緒に空見よ》

私は受験生という立場だけど、夏になれば部活の最後の大会が終わり、少しだけ時間ができる。
もちろん勉強で忙しくなってきてはいるけど、美咲のことを思うとがんばれた。
もう、ひとりじゃない。

次の日、学校で友達に今までの話を聞いてもらった。
別れてしまったときは話すのが遅くなり、みんなに心配をかけてしまった。
だから、今回はちゃんとうまく行った報告をすぐにしたかったんだ。
「なに、その奇跡みたいな偶然！　運命って本当にあるのかもよ？」
夏美は一番に喜んでくれた。
ニヤニヤしながらも、心の中では本当に応援してくれていた。

私のポッカリと開いた半年間を、いつもそばで支えていてくれてたのは夏美だったから。

「ほんっと、どうなるかと思ったよ？　もう二度と、心の底から笑えないかと思って心配したんだから」

夏美はそんな言葉をポロリとこぼした。

あぁ、私ってば、夏美にすごい心配かけていたんだ……。

これからは恩返ししていかなきゃ。

それから１週間ほど過ぎたある日。

今日は部活後、クラスで勉強会をしていた。

本格的に３年生がスタートし、受験モードに入った。

そのせいで、帰宅が遅くなってしまった……。

課題を済ませ、日課となっている美咲とのメールをしようとパソコンを立ちあげる。

《なぁ、俺さ。あの日言えなかったこと全部話す。
全部話すから、聞いてくれねえ？
でも、咲希はつらくなるかもしれねぇ。
かなりつらくなるかもしれねぇ。
それでも聞ける？》

美咲からこんなメールが来た。

……なんだろう。

つらくなるって……美咲のいなかった日々よりつらいものなんてあるのかな。

この半年間に比べたら、なんでも乗りこえられそうな気がした。
それに、これは私が望んでいたことだった。
あのとき、何度も知りたいと思っていた事実。
美咲はなにに苦しめられていたのか……。
美咲がその話をすると言ってくれたってことは、もう解決したのかな。
やっと、美咲の話が聞ける。
もう後悔したくないと思っていたから、私は美咲の思いを一文字も見落とさないよう、しっかり一文字ずつ読んだ。

《俺、じつは心臓病なんだよ。
小学生のときから、喘息(ぜんそく)が激しかった。
でも最初は単なる喘息だから、大好きなバスケも毎日やってたし、体育だって受けてた。
昼休みには、友達と遊びまくってた。
でも、中学に入って喘息がエスカレートした。
ぶっちゃけ、たかが喘息、なんて思ってたんだよ。
だから部活はサッカーと掛(か)け持ちでバスケもしてた。
でもさ、去年の８月に親父が死んだ》

え……？
去年の８月って、私たちが別れた時期だ……。
美咲が心臓病だったなんて、全然知らなかった……。
それに、お父さんまで……。

私たちは遠距離だから、会うことができない。
だから、他の恋人たちとはちがう。
こんな大事なことでさえ、言われなければ気づかない……。
仕方ないことだけど、くやしかった。
そばにいれば、美咲の体の異変や感情の変化に気づいてあげられたかもしれないのに。
その文章の下には少し改行があり、また美咲の言葉が続いていた。

《親父もずっと心臓病でさ。
でも、俺らのためにずっとつらいの我慢して働いてた。
俺ら、親父がつらいってわかんなくてさ。
なんにもできなかった。
そしたら突然、俺の目の前からいなくなった。
意味わかんねぇよな。
それからかな……俺の喘息がひどくなった。
今は親戚(しんせき)の家にいんだけどさ、親父が死んでから病院行ってきたんだよ。
その診断(しんだん)結果がさ、"親父と同じ心臓病"だぜ。
笑えるよ。ってか、笑うしかねぇよ。
俺は部活もやめたよ。
もうなにもできねえ。
俺の好きなことはなにもできねぇ。
咳(せき)も止まんねぇ。
親父みてーに、いつ死ぬかもわかんねぇ。

いつかいなくなるなら……この世に俺の痕跡を残したくなかった。
親父がいなくなったあとの俺ら兄弟みたいになるなら、咲希も、友達も、全部自分から切ってやろうと思った。
そして全部全部、俺の目の前からなくなっていった。
でも、それでいいと思ったんだよ。
俺がいなくなったら咲希はどうなる？
俺が死んで突然メールが途切れたら、咲希は……。
そんな風に考えたら、心配かけられないと思った。
咲希が俺のこと大事にしてくれてるの、十分伝わってた。
だから、大事な人がいなくなったこの世になにが残るんだろ、って考えたら……お前と俺が一緒にいるのはまちがいだと思ったんだよ》

ここで美咲のメールは終わっていた。
手が震え、涙がこぼれた。
美咲は、ずっと私を想ってくれてたんだね。
自分の病気と闘いながら、私を想ってくれていた。
美咲があの日、どうして私を手放したのか、やっとわかった。
それくらい、お父さんが突然この世からいなくなってしまったことが、悲しかったんだと思う。
さびしかったんだと思う。
そのときの美咲の気持ちを思うと、涙があふれて止まらなくなった。

美咲は優しいから、私を自分と同じ気持ちにさせたくなかったんだと思う。

私は、そんな美咲の気持ちに全然気づくことができなかった。

美咲のつらさにも気づいてなかった。

美咲は、私といない半年間、どんな気持ちでいたんだろう。

大事な人がすべて目の前からいなくなって、ひとりぼっちになって……。

それでも、ひとりで闘いつづけた。

明日、朝、目が覚めないかもしれない。

そんな恐怖と毎日闘っていたんだね。

でもね、美咲。

私は一度も、あなたを恨んだことはなかったよ。

あの日から、何度も何度も「どうして」って思ったけれど、美咲だけのせいにはできなかった。

私にも、もっとできたことがあったかもしれない、って思ってた。

つらかったよね。

ずっと想っててくれて、ありがとう。

ここまで話してくれたんだから、もうずっと一緒にいよう。

こんなに離れていたのに、ずっとお互いを想い合えた。

“これからはもう、絶対なにがあっても離れないよね？”

《不安で眠れない夜は、いつまででも付き合うよ。

泣きそうになったら相談して。

もし、どうしても耐えられなくなったら頼って。
私にできることは少ないけれど、美咲を思う気持ちは誰にも負けないよ。
この半年間だって、ずっとそうだった。
一緒に生きよう》

美咲からの返事はすぐだった。

《あたりめーだ。
聞いてくれてありがとな。
もうぜってえ離さねぇよ。
ずっと覚悟しとけ。
俺、独占欲つえーから笑》

美咲だったら、どんな独占欲でも耐えられそうだった。
むしろ、こんな風に言ってもらえることに、うれしささえ感じた。
声が聞きたい。
美咲の声を聞いて安心したい。
今までもそう思ったけど、今回は特別強くそう思った。
メールの文字だけじゃ、その不安に気づけないかもしれないから。
それに、もう後悔はしたくないと思っていたから。

《ねぇ、美咲？　声が聞きたいです》

《いつでも電話して。090-XXXX-XXXX》

あれ？
美咲がケータイを持っている……。
以前、電話したいという話をしたときは、持っていなかった。
それに、今もパソコンのアドレスでやりとりをしている。
もしかして、高校生になったから買ってもらえたのかな？
また聞いてみよう。
まだケータイを持っていない私は、家電（いえでん）だと家族に迷惑をかけてしまう。
だから、お姉ちゃんに一生のお願いをする。
「お姉ちゃん、一生のお願い。ケータイ貸してほしい……」
「なに？　彼氏？」
少し怪訝（けげん）そうに聞いてくる。
「そう……です」
「えー、明日、学校で話せばいいじゃん」
私に今彼氏がいることさえ知らなかったお姉ちゃんは、私の彼氏を同じ学校の人だと思っているらしい。
「同じ学校の人じゃないもん」
ふてくされたように答える。
「わかった、わかった。１分につき１万円ね」
すると、優しい冗談とともに、ケータイを差し出してくれた。
このとき、お姉ちゃんにも美咲の話をしようかとも思った。

でも、まだ再スタートを切ったばかりで“別れ”の可能性をどうしても切り離せない。
だから、まだ話さないでおこうと思った。
いつか、美咲との関係に自信を持てたときに話そう。
「ありがとう！」
そう伝えてケータイを持って部屋に戻る。

１年間の関係を経て、はじめての電話。
私は初電話にも関わらず、即座に電話をかけた。
――プルルルル……。
相手が出るまでのこの時間って、すごく長く感じる。
緊張のあまり、手が震えて声まで震えた。
『もしもし？』
少しハスキーな高い声。
み、美咲の声って、こんな声なんだ……。
想像していたよりも、少し高めで落ちついていた。
「もっ……もしもし。咲希です」
『ぶっは、お前、なに緊張してんの。声震えすぎ』
逆に、どうしてそんなに落ちついてんのさ……。
なんでそんなリラックスしてるの？
「そう？かな……。え、えと……はじめまして、だよね？」
『あはは。はじめまして？かな。よろしくな』
美咲の笑い声が耳に静かに響く。
少し高めの落ちついたキーは、耳に届くだけで私の気持ちを落ちつかせた。

よかった、笑ってくれてる。

それだけで十分だった。

はじめて聞いた声が、キミの笑っている声でよかった。

「えっと……急にごめん。どうしても、声が聞きたくなって。美咲は、こんな夜に体調、大丈夫？」

『当たり前。心配させてごめんな』

「ううん、全部話してくれてありがとう」

『…………』

なにか話さなきゃ、と思ってはいたものの、いざとなると話題が出てこない。

メールとはちがい、電話では無言の間がよくわかる。

静かな空気が流れ、私と美咲の間に長い沈黙が続いた。

あれ……話したくなかったかな……。

そう思っていると、小さく声が聞こえた。

『なあ、もうひとつあんだけどさ。まだ“全部”じゃないんだよ、じつは。話していい？』

さっきまで笑っていた声は、少し沈んでいるように聞こえた。

まだ……なにかある。

私は自分の体が強ばるのがわかった。

きっとメールでさえ、伝えられなかったこと。

言葉にすることすら、つらいなにか……が、ある。

そんな気がした。

聞いたら、また私たちの関係に亀裂が入るかもしれない。

でも、聞かなきゃ。

逃げちゃダメだ。

私は、美咲の声が自分の声でかき消されないように、静かに返事をした。

「うん、話して？」

そう言うと、美咲はスゥッと息を小さく吸った。

文字とはちがって、電話だとリアルタイムで美咲の緊張感が伝わってくる。

まるで横に美咲がいるみたいだった。

『長くなるかもしれねぇけど、こっからが本当の俺の過去なんだよ。さっきの話もマジだけど。あの話より、もっと前……昔の話。あと、つらくなったら言え。俺、話すのやめるから。また今度メールで話そうと思ったけど、お前の声聞いたら、今話さなきゃって思った。咲希には、さっきの話からいろいろと重すぎると思う。でも、向き合ってほしいから伝える。今から話す内容は、俺の人生で家族以外の、切っても切りはなせない大事な人の話』

私はゴクン、と唾（つば）を飲んだ。

「うん、わかった。つらくなったら言うね」

心の覚悟を決め、静かに美咲が口を開くのを待った。

第4章
噛み合わない歯車

私の光なの

【美咲side】
咲希に自分の過去の話をしようと決めてから、俺は昔のことを思い出していた。

＊　＊　＊

俺は毎日、ただなんとなく生きていた。
特別やりたいこともない。
物心がついた頃には、母親がいなかった。
母親は俺を産んですぐに、父親と離婚したらしい。
『おい、美咲。お前早く学校行けよ』
いつもこんな風に母親みたいに説教してくるのは、5つ年の離れた兄貴。
うっとうしいな、と思いながらも感謝していた。
母親がいなくても、兄貴のおかげでなに不自由なく生活できていたから。
俺の周りにいる同級生の人間は、全員幼(おさな)く見えた。
周りとは仲よくしたくない。
俺はこんな慣れ合い、したくない。
よく学校をサボる俺に、周りはあまり近よりたがらなかった。
それでも、俺には隼人(はやと)と桜(さくら)という幼なじみがいたから、べつに幸せだった。

でも、サッカーとバスケをしていた俺は、部活にだけは顔を出していた。

あの日も部活の帰りだった。

隼人たちと遊び、家に帰ろうとしているときだった。

道の隅(すみ)っこに、ひとりの女の子を見つけた。

絡(から)むと面倒くさそうだと思った俺は、その場を立ち去ろうとした。

でもソイツは、なぜか俺の目を見ると立ちあがり、俺のうしろをついてきた。

面倒なことが最強に嫌いな俺は、ずっと無視して歩きつづけていたけれど、その子があまりに細くて弱そうだったから、足を止めた。

『お前、どうしたの』

これが俺と琴音(ことね)の出会い。

琴音は親がいない、孤児(こじ)だった。

事情はよくわからないけど、家に帰れない状況らしい。

『お前、家帰れよ』

こんな時間にひとりで危(あぶ)ないだろ。

『帰れない。私の、居場所ないの。私、ひとりなの』

絶望を見てきたような、まっ黒な瞳(ひとみ)に吸いこまれそうになった。

どこか俺に似ている。

すべてをあきらめたような目。

琴音は俺の服の裾(すそ)を弱々しくつかんだ。

その目の奥に、少しだけ希望を探しているのがわかった。

俺も、母親の愛情を知らない。

父親はいつも仕事で、兄貴も姉貴も社会人で忙しい、という状況の中で生きていた。

いつも、ひとりだった。

もしかしたら、琴音が俺の気持ちをわかってくれるかもしれない。

琴音も、俺にわかってほしいと思っているかもしれない。

そんな希望が、俺の心を動かした。

『お前、家来いよ』

いつの間にか俺は、細い手をつかんで歩きだしていた。

最初はまったくしゃべらないヤツだったくせに、１週間もすると、琴音は俺によくしゃべりかけるようになった。

まるで、猫を飼っているかのような気分だった。

俺が友達と遊びにいこうとすると、すねて怒った。

学校に行こうとすると、ついてこようとした。

俺が家に帰ってくると、目をキラキラさせて喜んだ。

琴音の人生の中心が、まるで俺のようだった。

誰かの生きがいになるということは、こんなにも充実しているのか、と驚いた。

今まで、俺は愛だの恋だの、さんざんバカにしていた。

一生一緒にいられる、なんて絶対にない。

親の離婚を見れば、一目瞭然だ。

一度は誓った約束さえ、人間は簡単に破るんだ。

それでも、この気持ちを信じたかった。

誰かに必要とされるって、こんなにも幸せだ。

心が満たされていた。

琴音はか細い声で、毎日俺の名前を呼んだ。

俺だけの名前を呼んだ。

『ねぇ、美咲。ずっと一緒にいよう？』

まっすぐで、素直で、本当に可愛いヤツだった。

ある日、俺は隼人たちと遊ぶために外に出ようとすると、琴音が一緒についてくると言った。

めずらしいことだったので、一緒に出かけた。

そしたら、琴音は会うなり、隼人と桜の腕を噛んだ。

俺は、人間って人間を噛むのか？とパニクっていた。

『ってぇ〜……』

隼人の苦しそうな声で我に返った。

『お前、ホントに人間かよ!?　バカじゃねーの』

……ひどいことを言ってしまった。

たしかに、普通の人がしないようなことを琴音はしたけれど、これはきっと俺を思う気持ちがそうさせたのだ。

だから、俺が琴音にひどいことを言ったら、琴音は絶対傷(きず)ついた……。

家に帰るとすぐに謝った。

『ごめん、俺、頭の中混乱しちまって、お前にひどいこと言った』

すると、琴音は少し悲しそうに笑った。

『ううん、ごめんね。私、うまく表現ができなくて。困らせてごめんなさい』

そう言った。

コイツも、愛情の表現の仕方がわからないんだ……。

俺は琴音を抱きしめた。

強く、強く抱きしめた。

この子に、俺が愛情を与(あた)えたい……。

そう思った。

琴音が家に来てから、あっという間に1年が過ぎた。

親父は無関心でとくになにも言わなかったけど、兄貴ははじめのうち、すごく心配していた。

『お前、琴音ちゃんにも家族がいるんだぞ？　たまには家に帰らせないと』

兄貴が俺にこっそり言ってきた。

『琴音の前で、その話絶対すんなよ』

俺が気にしていることを言うものだから、兄貴にイラッとした。

『…………』

兄貴は琴音の事情を察(さっ)したのか、静かに俺の言葉の続きを待っているようだった。

『琴音、家族いないんだって。だから、俺らが家族になってあげたいんだよ……』

そう言うと、兄貴はなにも言わずに出かけていった。

その日から、兄貴は琴音を家に置くことに、なにも言わなくなった。

『もうすぐ夏休みだな。髪染めようと思うんだけどさ、何色がいい？』
　俺は琴音に聞いてみた。
　もちろん校則で髪染めは禁じられている。
　でも、琴音の色に染まりたかった。
　琴音の好きなものを自分にまといたかった。
『赤色』
　琴音は小さくつぶやいた。
　すぐにコンビニへ行って、セルフ染めの薬剤を買ってきた。
　うしろの方は手が届かないから、琴音に手伝ってもらいながら髪を染めた。
　染めおえて鏡を見たら……。
『赤っ……』
　そこらへんの不良みたいに、まっ赤になっていた。
　少しはずかしかったけれど、琴音は『美咲にしか似合わない色だね』と笑った。
　それだけで心が満たされた。
　温かくなるのがわかった。
　こんな一言でもうれしくなる感情が、自分にもまだあった。
　これが愛情というものなら、俺は一生大事にしたい。

　しかし、幸せはそう長く続かなかった。
　琴音は見る見るうちに痩せていった。
　もともと細かった体は、まるで骨のようになった。
　食の細い琴音は、俺が無理にでも食事を与えないと、なにも食べない生活を続けた。

俺にしかなつかない琴音は、あまり外に出ることもなかった。

ただ毎日、けだるそうにしていた。

最初は琴音がそういう性格なんだと思っていたけれど、一緒にいるうちに違和感を覚えた。

もしかして、コイツ、体調が悪いのか？

嫌な予感が頭をよぎった。

俺は琴音に何度も聞いた。

『全然大丈夫だよ？　私、もともと体弱くて。だから、たくさん寝ないと』

俺の心配をよそに、琴音はそう言ってたくさん眠った。

でも、俺が家に帰ると起きてきて、愛しい声で『美咲』、何度もそう呼んだ。

大丈夫、大丈夫。

俺は自分に言い聞かせて、この幸せな生活がいつまでも続きますように、と祈（いの）った。

ある晴れた日の午後。

俺はボーッと空を眺めていた。

はじめて、こんなにも空が綺麗だと思った。

よく考えれば、空をじっくり見あげることって今までなかったな。

これが、俺が生きてて綺麗だと思った“一度目”の空。

晴れてる空って、なんとなく心が晴れる。

空が笑顔になってるように見えた。

ベランダで寝そべっていたら、気づくと寝ていた。

目を開けると、空はすでに暗くなっていた。

部屋に戻ると、部屋の隅っこで壁に向かって体操座りしている琴音がいた。

『琴音』

反応がない。

いつもなら、うれしそうに振り向くくせに。

どうしたんだよ。

少し心配になったから、俺は琴音に近づいて肩を揺すった。

『おい、琴音？』

軽くフラフラと体が揺れて、次の瞬間、琴音はグッタリと倒れた。

息が荒く、熱っぽい体を懸命にかばうように、両手でギュッと自分の体をつかんでいた。

小さく小さく、丸くなっていた。

驚いた俺はガタガタと震えて、なんとか兄貴に連絡した。

『お前、それ、やべぇだろ！　救急車呼べ！　早く!!』

兄貴のおかげで救急車を呼んで、病院に連れていくことができた。

『琴音は大丈夫なのかよ!?』

俺は、医師に声を荒らげたが、家の人が来るまで待っていて、となだめられた。

未成年の俺には、琴音の状態を知る権利すらなかった。

『琴音ちゃん、風邪かよ？』

仕事を終えて、急いで病院にかけつけた兄貴が俺に聞いてくる。

『わかるわけねえだろ!! 俺が聞きたいくらいだよ、お前、早く医師のところ行けよ!!』

俺は無能(むのう)な自分が許せなくて、兄貴にあたった。

兄貴は俺のことを心配して、声をかけてくれたのに。

こんなに息を荒らげて怒ったことがなかったから、兄貴はびっくりしていた。

『わかったけど、お前、少し落ちつけよ』

兄貴はそう言って治療(ちりょう)室へ入っていった。

わかってるよ……。

それでも心配は消えず、目に涙が溜まるのがわかった。

どれだけ時間がたっただろう。

兄貴がドアの向こうから出てきた。

『どうだった』

俺は静かに聞いた。

『白血病(はっけつびょう)だって』

そのあとにも、合併症(がっぺいしょう)を起こして琴音は危険な状態である、とかなんとか言っていたけれど、頭に入ってこなかった。

なんだよ、白血病って。

そんな病気、簡単になっちまうのかよ?

なんで、琴音が?

なんでこんな苦しいんだ?

たかが、最近気にかけていたヤツが病気なだけだろ。

べつに、家族でも友達でもないだろ、アイツは。

なのに、なんでこんなに苦しいんだよ。

なんで、こんな気持ちになるんだよ。

琴音のこと、好きになんかならなければよかった……。

あの日、助けなければよかった……。

愛情なんて生まれなければ……。

俺はどうしようもない気持ちを持てあましていた。

『命は助かるんですか……』

俺は兄貴と一緒に出てきた医師に聞いた。

すると、『本人しだいですね』と言った。

――プチン。

俺の中でなにかが切れた。

『お前っ！　医者だろ！　見殺しにすんのかよ！　なんか助ける方法あるんだろ!?　なにが本人しだいだよ!!　嘘つくんじゃねーよ！　ふざけんな』

すると、医師はフゥとため息をついた。

『こちらも最善（さいぜん）は尽（つ）くします。ですが、受け入れる準備をお願いします』

声を荒らげながら、涙が止まらなかった。

俺はそれから毎日、琴音のいる病室に通った。

早く元気になれよ、と思っているけれど、琴音はいつも眠っていた。

相変わらず無表情で。

でも、この顔はたしかに、俺にいつも笑顔を向けていてくれていた。

早く、もう一度笑って、俺の名前を呼んで。

毎日のようにそう願った。

ある日、俺は病院の休憩室でいつの間にか眠ってしまっていた。

目を覚まし、琴音のところへ行く。

そこにはまだ眠っているであろう琴音が、昨日ととくに様子も変わらずベッドの上で横になっていた。

スースーと静かな寝息を立て、気持ちよさそうに寝ているのがわかる。

ピクッと体を反応させるしぐさが、なんとも愛らしいと思った。

『なあ……。しんどいなら泣けよ。しんどいなら言えよ。しんどいなら伝えようとしろよ。俺に言ってくれよ。1年も一緒にいるのに、俺、お前のことなにも知らねぇよ。つらいことを話してほしい……。俺は……無力なのか……っ？琴音の力にはなれねぇのか？』

そのとき……。

幻(まぼろし)を見てるのかと思った。

夢を見てるかのように、“それ”は美しく光った。

まるで夕日のような輝きをしていた。

“それ”は、琴音の頬に流れた涙。

起きているのか？

声が届いているのか？

琴音は目を閉じたまま、ゆっくりと話しはじめた。

『私は……。私は、美咲と一緒にいられるだけで幸せだった。それ以上なにも望んでいない。だから、美咲に私の悲しい過去は聞いてほしくない。私も美咲も悲しくなってしまう……。私は、美咲が幸せに一緒に笑ってくれれば、それでいい。どうして、どうしてそんなこと言うの……？無力なんて言わないで……。美咲がいたから……ここまで生きられたのに。これからも美咲をずっと“好き”だから、私は生きられるの。美咲は私の光なの』

そう言いきると、涙を流しながらハァハァと息を吐く。

『ゆっくりでいいよ。ちゃんと聞いてるから』

俺はそう言い、琴音のベッドの横にあるイスに座った。

『私ね、次生まれ変わるときは、美咲の友達のこと、噛んじゃったりしちゃう人じゃなくて、美咲に好かれるような、可愛い女の子になりたい。明るくて女の子らしい女の子に生まれ変わって、美咲に会いにいくね。だから、それまで待ってて』

静かな病室に、琴音の心臓の音を表すピッピッという機械音だけが響いていた。

そのとき、俺はすべてが吹っきれた。

琴音の笑顔を取り戻したい。

いつか琴音がまた元気になったとき、すべてを受けとめられる準備をしよう。

それまで弱音は吐かない。

また一緒に暮らせる日のために、俺は強くなりたい。

そう誓ったのに……。

そのあとしばらくして、その日の言葉を最後に、琴音はあっけなく死んだ。

“美咲は私の光なの”

“生まれ変わって、美咲に会いにいくね”

その言葉だけが、頭の中をグルグルグルグルと回っていた。

最期に見た琴音の寝顔は、目覚めて『美咲』と名前を呼んでくれそうなくらい、幸せな表情をしていた。

もう二度と誰かを愛さない。

大事にしない。

特別な誰かを作りたくない。

失うのが怖い。

こんなに好きにならなければ、失う怖さを知ることはなかった。

こんなにもつらい感情を抱えることはなかった。

俺は、ひとりで生きていく。

そのとき、そう決めたんだ。

俺の空に色をくれたのは

【美咲side】

琴音が死んでから１年が過ぎた。

俺はますます学校から遠ざかった。

相変わらず部活だけはマジメに行っていたけれど、気分を紛らわすには足りなかった。

俺はますます隼人や桜と、夜中まで遊ぶようになった。

兄貴や姉貴は心配していたけれど、無我夢中で毎日を過ごしていなければ……。

クタクタになるまで遊んでいなければ……。

琴音が夢に出てくるんじゃないかと怖かった。

そんなある日。

俺はチャットで咲希に出会った。

雰囲気が、すごく琴音に似ていた。

直接会ったわけじゃないけど、なんとなくそう思った。

語尾の感じ、言葉の選び方。

咲希の文章が頭の中で、勝手に琴音の声で再生されていた。

仲よくなればなるほど、琴音に似ていた。

最初は独占欲の塊だったり、ワガママだったりする咲希の性格がまるで琴音のようで、最期に琴音が残した言葉どおり会いにきてくれたのだと思った。

毎日毎日、俺になついた琴音のように連絡してくる咲希に、俺は惹かれていった。

あんなにつらい思いをしたのに、俺は愚かにもまた同じことを繰り返そうとしていた。
だけど、そんな気持ちに気づいたときにはもう、手遅れだった。
琴音とはちがう咲希の性格。
琴音とはちがう咲希の口ぐせ。
咲希の顔。
いろんな咲希が、俺の中で徐々(じょじょ)に特別になっていった。

本当は琴音を失ったことを引きずっていたから、誰かをまた大切に思うことが怖かった。
咲希までもがいなくなってしまうかもしれない。
そんな不安を抱えているとき、親父まで俺の目の前からいなくなった。
親父と家族らしいことは、なにひとつしなかった。
だけど、たまに帰ると家にいる親父が、もう二度と俺の目の前に帰ってこない。
それがどうしようもなく悲しかった。
親父は心臓病だった。
そして、その日から俺の喘息は悪化していった。
だけど精神的に弱りはてていた俺は、ただの喘息だと思って、自分の異常にも気づかなかった。
だから、病院に行ったとき“心臓病”と宣告(せんこく)されて、頭がまっ白になった。
俺は、親父のようになるのか？

俺は咲希に、俺が琴音を失ったときのような気持ちにさせるのか？

そう思ったら、咲希の隣にいてはいけないと思った。

琴音のことが一気に蘇(よみがえ)ってきた俺は、咲希までも失ってしまうのかと恐ろしくなった。

だから、まちがった選択だとは思いながらも、咲希と別れる道を選んだ。

これで安心できる。

もう失って怖いものは、なにもない。

咲希は俺を忘れて、幸せになってくれればいい。

それでいいんだ……。

これで安心できるはずだったのに、まったくうれしくない。

毎日に色がない。

どうして空がこんなに曇って見える？

そこには琴音がいるはずなのに。

咲希がいない空は、こんなにも悲しい色をしていたのか？

俺は耐えられないこの気持ちを、咲希にメールして伝えたいと思った。

でも、咲希にメールを送ると……宛先不明で返ってきた。

俺から別れを告げたのだから当たり前だよな、と思ったけど、すごくショックだった。

でも、想いを止めることができない俺は、なんとかして咲希に気持ちを伝えたかった。

そこでたどり着いたのが、咲希がうれしそうに作っていた“プロフィール”だった。

あのとき、咲希が俺にも編集できるようにと、パスワードを“323”にしていてくれて本当によかった。

俺はそこに想いをこめることにした。

咲希と一緒に作ったプロフィール。

最後の更新は、俺が別れを告げたあの日で終わっている。

咲希はこの更新に、気づいてくれるのだろうか。

もし、気づいてくれなかったら……。

不安に押しつぶされそうになりながら、返事を待っていると……奇跡的に返事が来た。

もう二度と、まちがった選択はしたくない。

咲希を失うことが、こんなにつらいことだとは思わなかった。

失うことを恐れて、自分から手放すことが、こんなにつらいことだとは思わなかった。

ひとりで生きていく孤独(こどく)が、こんなに怖いものだと気づかなかった。

当たり前にひとりでいた俺だから、誰かの愛情に支えられる毎日が、こんなにも深く自信を与えてくれていたことに今さら気づいた。

＊　＊　＊

俺は、もう一度俺を信じて戻ってきてくれた咲希に、すべてを話す決意をした。

声が震える。
だけど、受話器の奥から少し低めの落ちついた声が聞こえると安心できた。
『俺の過去の話を聞いてほしい』

話を終える頃には、咲希も俺も泣いていた。
咲希の嗚咽（おえつ）が聞こえるたびに、胸が締めつけられた。
咲希をこんなにも苦しめたのは俺。
そのはずなのに、心が温かかった。
どうして咲希は、俺のためにこんなに泣いてくれるんだろう。
こんなに俺のことを大事にしてくれる人に、この先一生、出会える気がしない。
もう一度、俺の空に色をくれたのは、咲希だった。
俺が咲希と出会い、咲希のことをもっと知りたいと思った理由は琴音だった。
でも、琴音と咲希はちがう。
きっと、琴音が咲希を導いてくれたんだ。
こんなにも愛しいと思える人に、また出会えると思わなかった。
琴音が死んでから、空を見あげると元気が出た。
晴れてるときは笑ってる。
雨が降ってるときは泣いてる。
泣いてる日は俺もつらくなったから、傘をささずに外を歩いた。

晴れてる日は一日中、ずっと笑ってた。

そうしてると、琴音が隣にいるようだった。

だけどいつの間にか、俺の感情は咲希への愛情へと変わっていった。

咲希に空の話をしてから、咲希もよく俺に空の話をしてくれるようになった。

俺の好きなモノが、好きな人にも好きになってもらえて、うれしかった。

遠距離の俺たちは、すぐに会うことができない。

咲希を強く抱きしめることができない。

不安にさせていても、安心させることができない。

だから空を見るたび、同じひとつの空の下にいると安心できた。

空を見れば、咲希の感情がわかる気がして、安心できた。

琴音を失ってから、臆病(おくびょう)で無気力だった俺を救ってくれた咲希を……大事にしていきたいと思っていた。

なんでお前が泣くんだよ

【咲希side】
『俺さ、元カノがいたんだ。ソイツさ、道でひとりだったんだよ……』
　美咲は自分の過去をゆっくり、話しはじめた。
　元カノの琴音さんのことが本当に好きだったんだということが、美咲の言葉から十分に伝わってきた。
『アイツ、俺が中1のときに俺の家に来て、それから1年後にあっさり亡くなったんだよ。死んじまった。白血病だってよ。だけど……琴音、つらいはずなのに、俺らにそんなそぶりまったく見せなかったんだよ。いつも俺といられることが幸せって、そんなこと言って隣で笑ってた。弱音吐かなかったんだよ。だから俺らも、琴音の体の異変に気づけなかった』
　いつの間にか美咲は、私に話してることすら忘れてるかのようだった。
　自分の過去を、一歩ずつたどるように……。
　もう一度、琴音さんの存在をたしかめるように、静かに話していた。
　かすかに声を震わせて……。
　私は美咲のそんな想いに応えるように、静かに耳をすましていた。
　美咲の大切な世界を壊さないように。

一言一句聞き落とさないように、静かに聞いていた。

ただ、美咲の弱々しい言葉を聞くたび、涙があふれて止まらなかった。

今、私がそばにいたならば……。

美咲を優しく抱きしめることもできたのに。

少し息をのんで、美咲は続けた。

『アイツ……琴音は、最期に俺に言ったんだよ。“次生まれ変わるときは、美咲に好かれるような、可愛い女の子になりたい。明るくて女の子らしい女の子に生まれ変わって、美咲に会いにいくね。だから、それまで待ってて”……って。最後に残した言葉がこれだぜ？　俺……もうさ、死んでやろうと思った』

そこで美咲は言葉を止めた。

きっと、あふれ出る涙をこらえることができない状況だったんだと思う。

苦しそうにハァハァと息をしていた。

『それから、俺も死んで琴音に会いにいこうと思った。でも、死ぬのってすげぇ怖いんだな。残された人のこととか、俺を大事にしてくれた人たちのことを思うと、俺は裏切れなかった。でも、琴音を失った世界はまっ暗すぎて、俺には考えられなかった。さらに俺の喘息はひどくなるばかりで、何度もこの病気で死ねばいいと思った。それくらい、俺にとって“琴音”という存在はデカかったんだよ。失って気づくなんて、バカだと思うだろ？』

……私と同じだ、って思った。

美咲は、琴音さんみたいに手の届かないところに行っちゃったわけじゃないけど……それでも、私が美咲に対して思っていたことと、たしかに同じだと思った。

『それから１年して、学校に行くのも週１くらいになって。パソコンのチャットで時間つぶすようになった。そんなときに……俺は咲希に出会ったんだよ』

この言葉を聞いたとき、私は美咲を救うことができたんじゃないか思った。

琴音さんのことはとても悲しいけれど、私は私で、美咲にひとりの女性として出会えて、恋に落ちた。

そして美咲にもう一度、生きる力を与えることができたんだと思った。

……次の言葉を聞くまでは。

『俺、咲希に出会ったとき、すぐに思ったんだよ。“琴音”が生まれ変わって来てくれたんだ。そう思った』

……え？

よくわからなかった。

ちょっと待って、私が？

琴音さん？

生まれ変わり？

ちがうよね……。

私は私だよね？

私の不安を気にもせず、美咲はまた話しだした。

『だから、思いきって告白した。次はぜってぇ離してやんねぇって思った。だから、咲希が俺の世界を変えてくれたんだよ。つらい話してごめんな。でも、お前には感謝してるんだよ』

美咲がハァと息を吐いたから、この話が終了したのだと理解できた。

でも、話の内容がまったく頭に入ってこない。

美咲は私を“咲希”としてじゃなくて、“琴音さんの生まれ変わり”だと思っているってこと？

感謝しているのは、私が琴音さんに似ていたからなの？

美咲は私を誰だと思っているの？

「咲希は、琴音さんじゃないよ……？」

心で思った言葉が、いつの間にか口を飛び出ていた。

……しまった。

『は？　ちがうよ？　なに言ってんの。不安にさせた？ごめんな。……咲希は、俺にとってただひとりの“咲希”だから。たしかに、出会いは琴音がきっかけだけど、琴音の代わりとかじゃねぇよ？』

代わりじゃん。

代わりじゃん。

代わりじゃん！

「私のこと見てないよね……？　“琴音さんに似てる咲希”を見てるだけだよね？　あのとき言った“好き”の言葉も、約束も、話してくれた空のことも、全部全部……私に向けた言葉じゃなかったんだよね？　そういうことでしょ!?私が大事にしていた“空”は、美咲にとって私との繋がりじゃなくて、琴音さんとの繋がりだったってことでしょ？

私が琴音さんに似ていなかったら……美咲は私を好きになってくれなかったの？　私に優しい言葉をかけてくれなかったの？」

全部全部、ぶつけることしかできなかった。

『…………』

美咲は言葉が見つからないのか、ジッと黙って聞いていた。

美咲が今なにを考えているのかなんて、まったくわからなかった。

私は頭の中が混乱してしまい、泣くことしかできなかった。

この１年間の想いすべてが、私のカンちがいであったみたいだった。

涙が混じる声はときどき、とぎれたりもした。

“好き”も、琴音さんへの言葉だったの？

なにがなんだか、もうわからなかった。

私は、咲希で、だけど美咲の中では、琴音さんで……。

心がすごく痛んだ。

私は、私だよ、美咲……。

私を見てよ。

こんなにつらいのに、美咲を好きな気持ちは変わらない。

“変わらない”からつらかった。

いっそのこと、変わってしまってほしかった。

嫌いになってしまえたらよかった。

必死に喉(のど)の奥から出した言葉は、私と美咲の両方を傷つけた。

「じゃあ……聞かせてほしい。美咲は咲希と琴音さん、どっちが好き？　私は、美咲の一番になれる？」
　言ってから、最低なことを聞いたと思った。
　それでも聞かずにはいられなかった。
　亡くなった人に順位をつけろ、なんて最低な話。
　それでも、嘘でもいいから……。
「今は咲希だよ」と言ってほしかった。
　ただひとつ、“安心感”がほしかっただけ。
　美咲が今は“咲希”を見てるという、安心感がほしかっただけ……。
『……ごめん……。わからねぇ。咲希も大事。絶対、離したくねぇ。でも、俺にとって琴音は、ずっと“特別”なんだよ。だから俺の中で、今後一番とか、順位なんて決めらんねぇよ……。正直、どっちが大事とか、そういうんじゃないんだよ』
　そう言って美咲は泣いた。
　聞き心地のいいその声は、涙の色に変わっていた。
　私は声にならない声で泣いた。
　美咲の一番になれない自分、に。
　琴音さんのことに対して最低なことを言った自分、に。
　腹が立った。
　くやしかった。
　こんなにもキミを愛しているのに……。
　本当は……。
“つらい想いをして一生懸命、生きていた琴音さんに、少しでもズルい、とうらやましがった自分”に情けなさを感じたのかもしれない。
　こんな状況を知っても、私は“一番”を求めたがる。
　この貪欲(どんよく)な感情にイラだった。
　美咲に特別な人がいたって、私のことも好きでいてくれているなら、それでいいはずなのに……。
　思いとは裏腹な心の奥底の気持ちに、私は従うことしかできなかった。
　私と美咲は、泣きつづけることしかできない。
　電話の奥で、美咲の泣いている声が聞こえる。
　静かに、静かに。
『なぁ……なんで、なんで……なんで咲希は、俺なんかのために泣いてくれんだよ。さっさとこんなヤツ、嫌いになればいいだろ。なんで……、なんでお前が泣くんだよ……』
「そんなの、できるならしたいよ……だって、美咲が大好き……だから……。簡単に嫌いになったりできないよ」
　自分で言ったあと、私にとって美咲が“一番大切”なことに気づいた。
　この１年、何度も何度も挫けそうになった。
　逃げたくなった。
　でも、どんなにやめようと思っても、いつも心に美咲がいた。
　美咲が好き、という気持ちがある。
　美咲だって、私を嫌いなわけじゃない……。
　琴音さんには、すごく申(もう)し訳(わけ)ないけれど、今美咲と付き合ってるのは私だ。

隣にいるのは私で、美咲は私の横で笑ってくれる。
私にはまだ人生があって、命があって、息をしている。
まだまだ“可能性”がある。
琴音さんに、対抗心(たいこうしん)を燃やしているわけじゃない。
それでも今、美咲を支えられるのは、誰でもない“今の咲希”なんだ。
琴音さんができなかったことを、今の私はできる。
だけど……。
これからもずっと、美咲の中では琴音さんが特別なのかもしれない。
そう思うと、私はその壁を超えられるのか……。
私のこの醜(みにく)い嫉妬心に勝てるのか……。
不安ばかりが大きくなった。
それでも、好きな人の一番でなければいけない、なんてことはない。
美咲を好きな自分が好き。
少しでも私を思ってくれてる美咲が大好き！
それだけでいい。
一番大切なことを見失わないように、強く生きなきゃ。
恋は順位じゃない。
自分が相手をどれだけ好き、か。
恋してる自分をどれだけ好き、か。
たったそれだけのこと。
だから私は、空にいる琴音さんのためにも。
自分のためにも。

美咲を精いっぱい、愛すると決めた。
美咲を支えると。
美咲を笑顔にすると……。
いつの間にか、シンと静まっていたふたりの空間。
私は思いを伝えなきゃ、となんとか声を振りしぼった。
「美咲、泣いてごめんね。私……決めたよ。順位じゃない。美咲が私のこと、ひとりの人間だと思って、好きでいてくれれば、それでいい。でも、私は咲希だから。琴音さんでも、誰でもなくて、咲希だから。だからって琴音さんのこと否定しないし、ヤキモチも焼かないよ。琴音さんの分も美咲を愛する。大好きになる。幸せにする。笑顔にするよ」
そうは言ったものの、涙は止まらなかった。
この気持ちはそんな簡単なものじゃない。
はいそうですね、って受け入れられるものじゃない。
好きな人にこんなにも特別な人がいて、その人はすでにこの世にはいない。
美咲の気持ちを思って悲しくなる気持ちと、自分の存在意義(いぎ)を考えて悲しくなる気持ちでいっぱいで……。
誰も悪くないこの状況を、簡単に受け入れることはできなかった。
『咲希、ごめんな……つらいこと言ってごめんな。すごい、傷つけたよな……。でも隠しごとはしたくねぇんだよ。考えさせてごめん。それでもついてきてくれるって言ってくれて、本当にありがとう。ちゃんと俺は“咲希”として咲希を見てるよ。って、わけわかんねぇな』

　そう言って、美咲はへへッと照れくさそうに笑った。
　やっと、美咲の笑った声が聞けた……。
　その笑い声につられ、私もクスッと笑った。
　そのあと、美咲はまた言葉を続けた。
『とりあえず、咲希は琴音とちがう。わかってるよ。琴音は、咲希みたいにたくさん笑わなかった。琴音は、咲希みたいに響く声で話さなかった。琴音は、咲希みたいに……。ってごめんな、涙止まんねぇわ。こんな曖昧な俺でごめんな。あと……わかってると思うけど。俺、空を見てたのも、琴音が空にいるからなんだよ』
「…………」
　胸がチクッとするのがわかった。
　最後の言葉が少しつらかった。
　今、美咲の隣にいるのは私だ。
　でも、わかってる。
　大好きな空には、あなたを想っている琴音さんが、あなたが想っている琴音さんが、いるんだよね。
　でも、私にとっても空は、美咲と出会ってから特別なものになっていたの。
　だから、琴音さんだけのことを想う美咲を思うと……すごく悲しくなる。
　私より、琴音さんの方が美咲の近くにいる気がして。
　それでも……。
　好きな気持ちに順位は関係ない。
　今は、私のことを見てくれている美咲を精いっぱい好きでいる、と自分で決めた。
　誰も悪くない。
　琴音さんが悪いわけでも、美咲が悪いわけでもない。
　そんなのは全然ちがう。
「じゃあ、私も一緒に空を見るよ。私と美咲を繋いでくれているのが空なのも、まちがいないよね……？　だから、私も琴音さんのことを祈るよ。この恋に誰も悪い人はいないんだもん……」
　強くなれ。
　強くなれ、私。
　なにがあっても、私は美咲を好きでいる。
　そして一緒に空を見る。
　琴音さんにも、美咲の幸せが伝わるように。
『ありがとう』
　美咲の言葉が耳に響いた。
　今はそれだけで十分だった。
　その言葉だけで……。
　琴音さんの存在は、きっとこれからもずっとずっと、美咲の中から消えることはないだろう。
　消えるはずがないんだ。
　だから私は、そのポッカリ空いたキミの心の穴を埋められるだけで十分。
　“愛してる”って、そういう気持ちなんじゃないかな。
　近くで美咲の力になることが、今の私にできる精いっぱいのことだと思う。

一番じゃなくていいんだよ。

今、美咲の目に映ってるのが私なら、それでいい。

今、美咲の隣であなたを想いつづけていられる。

その笑顔がいつか私に向けられるとき、そのときに幸せを感じられれば、それでいい。

……美咲との長電話を終え、私は静かに眠りについた。

この一分一秒を

【咲希side】

　朝起きて鏡を見ると、そこには目が腫(は)れあがってバケモノみたいな私が映っていた。

「Who are you ?」

　アナタは……ダレ？

　映画とか小説を読んだってあんまり泣かない私が、久しぶりに大泣きしたものだから、いつもとのギャップに驚いた。

　ただでさえパッチリしていない目が、今日は顔に埋めこまれているようだった。

　私の顔ぉぉ……。

　泣きすぎるって恐ろしい。

　お母さんにもお姉ちゃんにも、朝起きた瞬間に爆笑(ばくしょう)された。

「ただでさえ小さい目が！　ガンつけられてるみた〜い！」

　すごく複雑(ふくざつ)。

　この人たちが自分より年上だと思うのがつらいくらい。

　でもきっと、私がつらい思いをしているのをわかってて、この反応をしてくれているんだと思うと、頭があがらないなと思う。

　私にとって昨日の時間は、なくてはならないものだった。

　私たちがこれから向き合うために、避けては通れない道だったから。

　そのおかげで、今日からは今までとはちがう。

なにがちがうって？

美咲が本当の意味で、私の彼氏になった気がした。

美咲の過去をちゃんとわかって、受けとめられた。

そして、今日から自分がなにをするべきか考えられた。

空に、琴音さんの存在をたしかめられるようになった。

琴音さんは素敵な子で、美咲を幸せにしてくれた。

だから、私にとっても大切な子。

そりゃ、まだまだ問題はたくさんある。

今後つらいって思うってことも、たくさんあると思う。

でも、昨日は美咲だって、話すときは不安だったはず。

それでも話してくれた。

思い出すだけで苦しいことを打ちあけてくれた。

それだけ、私を信頼（しんらい）してくれているということ。

私に向きあおうとしてくれている、ということ。

私だから話せるって思ったんだよね？

美咲がそんな気持ちになったのは、私たちに空白の時間があったからだと思う。

あの時間がなかったら、私たちはこんな風になれていなかったと思うから。

信じるよ。

信じてくれた分、それ以上に美咲を信じるよ。

外に出て空を見あげた。

「あぁ、やっぱり綺麗。今日も笑ってる」

そう、空は笑ってた。

琴音さんも、美咲も私も、みんな繋がってる。
よかった。
あんなことがあった次の日だから、雨だけは避けたかった。
またなにか起こりそうな気になってしまうから。
「たったひとつの空の下に」
ひとり空を見あげ、つぶやいた言葉が青空に消えていった。
「美咲が、琴音さんが、笑ってる」
それだけで今日一日、がんばれる気がした。

「おっはよ～！」
ガラガラと少し古いドアを開け、教室に一歩踏みだした。
私の席は窓側の一番うしろの“一番寝られる席。”
そこまで歩いていくには、距離がありすぎる。
き、きっと、たどり着く前にみんなにバレる……。
だって、この顔はあまりに悲惨（ひさん）すぎる。
「なにその目！　ブッサァ！」
周りの反応は冷たかった。
やっぱり、ですよね……。
でも、私はこんなクラスで本当によかったと思っている。
日常のほとんどを一緒に過ごしている彼女たち。
そこで居心地が悪いと、きっと人生が楽しくなくなる。
私は騒がしすぎるこのクラスがとても好き。
友達にはいろいろ聞かれたけれど、とりあえずはケンカをしたということにしておいた。
「いいなぁー、咲希は。ケンカする相手がいるっていいもんよ？」

私もそう思う。

まぁ、実際はケンカじゃないけど。

昼休みになると夏美のところへ行き、すぐに報告した。

昨日あったことは、ひとりで抱えこもうと思ったけど、やっぱり夏美には話しておきたかった。

美咲のプライバシーの侵害（しんがい）になるかもしれない、とも思ったけれど……。

美咲には夏美の存在を話しているし、わかってくれると思う。

今、私のそばで、私のことをいつでも支えてくれるのは夏美だから。

私たちふたりのことは知っていてほしいと思ったんだ。

そしていつか、美咲にも夏美のことを紹介したい。

すべての話を聞いたあと、夏美は泣きだした。

「あんたってば、本当、不幸に手を突っこむのが好きだね。もう……ホント、バカじゃないのー？　でも、咲希が美咲さんがいいって言うなら……。誰にも止めらんないよね。私だったら、そんなの耐えられないけど。でも、こんな私がいるってこと、覚えていてね。いつ、どうなっても、私は咲希の背中を押すから」

夏美はいつもこうやって、私を否定しないでいてくれる。

『私だったら、耐えられないよ』

そう言って、私の背中を押してくれる。

私ががんばっていることに、いつも気づいてくれる。
私の弱音に気づいてくれる。
夏美や友達がいるから、私はがんばれる。
昨日、美咲と話したことを思い出しても泣かずにいられた。

午後の授業が始まると、昨日の睡眠時間の短さに、睡魔との闘いが始まった。
そういえば、何時に寝たっけ……。
美咲と話しおえて、最後に少しバカな話をして……。
あぁ、ダメだ……。
記憶が……。
ハッ。
目が覚めると、授業が終わる数分前だった。
毎朝、こんな風に目覚ましが鳴る前に起きられればいいんだけど。
そのまま、次の授業も睡眠時間となり……。
今日“も”なにも頭に入らず、授業は終わった。

「あなたたち、今年は大事な年ですよ。人生が大きく変わる選択をするんですから」
先生が帰りにそう言っていた。
先生、私昨日、人生が大きく変わりそうなくらいの選択をしたんですよ。
そうは思うものの、勉強をサボることはできない。
たまたま職員会議で部活が休みだった私は、ひとりで少し勉強してから帰ることにした。

美咲は高校1年生になり、地元近くの高校に進学したらしい。

ケータイも買ってもらい、バイトをしつつ生活しているそうだ。

私も来年になれば、ケータイを買ってもらえる……。

誰もいない教室にひとりでいると、いろんなことを考える。

ひとつ年がちがうだけで、こんなにもちがうのか。

高校生と中学生の差ってすごい。

来年、私も後輩から見たら、お姉さんみたいになるのかな?

早く、高校生になりたいなぁ……。

美咲と出会って、美咲と過ごす二度目の春。

この匂い、この空の色……。

いろんなことを思い出す。

一瞬一瞬はすごく長くて、つらかった時期は永遠かと思えるくらいだった。

でも、こうしてみれば、一年なんてあっという間だった。

もうすぐ……中学生が終わる。

この一年間、美咲のことで頭がいっぱいだったけれど、思い返せばたくさんのことがあった。

テストの点数で、親に何度も怒られた。

部活では毎回のように監督に怒鳴られた。

友達と友達のケンカに首を突っこんで、私までケンカに参加するはめになった。

夏美に彼氏ができた。

友達が彼氏と近くのお祭りに行くって話を聞いた。

すべて、すべてが、あと一年で終わってしまう。

高校生という新しい青春に向けての残り一年を、私はめいっぱい過ごさなければいけない。

私が一生懸命、生きることができるのは、この体があるから。

もし明日、私が死んでしまったら？

ふと、そんなことを考える。

不謹慎な話ではあるけど、誰かが"命"の尊(とうと)さを教えてくれなければ、一生気づくこともないだろう。

生きている、というのは当たり前のことで、そこにありがたみを見つけだすのは難しい。

きっと、ひとりではできない。

私がそういう感情を知ることができたのは、美咲と琴音さんのおかげ。

だから、私はこの一日、この一分一秒を大切に生きなければいけない。

生きているだけで、得られるなにかがたくさんあるから。

時計を見ると、すでに下校時間を回っていた。

「帰ろうかな」

夕日が沈む空に、私の声がむなしく響いた。

しばらくすると、私と美咲はほとんど電話をしなくなった。

これには理由があった。

美咲の咳がひどくなってきていて、電話で話すのもつらそうだったから。

べつに、声を聞けなくても、顔を見られなくても大丈夫。

私たちには“好き”って気持ちがある。

それだけで十分、安心できる。

それと同時に日に日にメールも少なくなり、一日１通とか２通くらいの頻度(ひんど)になった。

ポツリポツリ……だったけど、それでも毎回、受信ボックスにメールが届いていると、とても安心できた。

ときには、すごくさびしいなと感じることもあって、友達に頼ることもあった。

でも、私も私で、勉強との闘いで忙しい毎日だった。

小さい頃からお父さんにずっと言われてきた言葉を胸に抱きつつ、がんばっている。

『咲希は賢(かしこ)いから、マジメに勉強しなさい。いつか、どうしてもやりたいことが見つかったとき、勉強ができれば、自分でいくらでも夢を叶えられるはずだ』

今はまだ、夢は見つからない。

でも、好きなことが、やりたいことが、見つかったとき……勉強しておけばよかった、と後悔したくない。

私はお父さんの言葉どおり、高校もしっかりと勉強して合格したいと思っていた。

それに、美咲も病気と闘っているんだと思うと、私は私で、勉強をがんばるべきだと思うことができた。

嘘つかないでよ

【咲希side】
　それから２ヶ月が過ぎた。
　なぜか最近はよく雨が降る。
　もう梅雨入りでもしたのかな？
　少し早い気がするけど、それくらい天気の悪い日が続いていた。
　私は相変わらず、美咲に毎日メールを送っていた。

《今日も補講(ほこう)で帰りが遅くなったよ……ツカレタ！》

　少しずつ減りだしたメールは、私が補講で忙しくなりはじめた頃には、ほとんど返ってこなくなっていた。
　はじめは、補講で遅いから時間のすれちがいかな？と思っていた。
　でも……。
　もしかして、美咲になにかあったのかな……。
　そんなことを思ってしまう。
　空が曇っていると、美咲も泣いているんじゃないか……。
　どうしても、そんな気がしてしまう。
　もちろん、雨が降っているからといって毎回嫌なことが起きるわけではない。
　そんなことは十分に承知(しょうち)している。

だけど、少しの不安と、気持ちの悪さが心に残る。

それでも、私から美咲に「なにかあったの？」とは聞かないでおこうと心に決めていた。

なにかあったら美咲は、きっと自分から話してくれるよ。

そう信じてる。

聞かなくても大丈夫。

待ってるよ。

だけど……。

そのあとも、美咲から連絡が来ることはなかった。

パソコンを立ちあげては、メールの受信ボタンを何度も押してメールが来ていないか確認する。

けれど、美咲からのメールが表示されることはなかった。

連絡が来ない期間が、いつもより長すぎる……気がする。

私から連絡してしまおうかな？って何度も思った。

「ねぇ、夏美ぃ～。私、もう自分から連絡したくなってきたよ……」

美咲から返事が来なくなって３日目の部活の休憩中に、夏美に弱音を吐く。

「もうっ！　あとで絶対後悔するんだから、しないで待ってなよ！　そうしないと、また咲希は自分を責めることになるんだよ？」

そう夏美に何度も助けられ、私はおとなしく美咲の返事を待つことができた。

それから数日たって、美咲からやっと返事が届いた。

《久しぶりになったな、ごめん。
元気にしてた？
最近、雨でテンションあがんねーな》

……よかった。
美咲、元気そうだ。
ホッとしたと同時に、涙がこぼれてきた。
自分がこんなに追いつめられていたとは思わなかった。
少し不安になってはいたけれど、メールが来ないことがつらかったわけじゃない。
でも、もしかしたら、美咲は私を置いてどこかへ行ってしまったんじゃないか……？
そんな不安が、無意識のうちに私にストレスを与えつづけていたのかもしれない。
溜まっていたものが、やっと出てきた感じだった。
目に見えない不安は、こんなにも私を蝕(むしば)んでいたんだ。

《よかった、元気ならいいんだ！》

ホッとしたのも……つかの間。

《心配してくれてた？　ありがとう。
ごめん。俺、調子悪くって、今病院なんだ。

１週間、入院だってさ。
言えなくてごめん。
急に倒れて救急車で運ばれたらしくて、友達に今ケータイ持ってきてもらったんだ。
それで、しばらくメールできなかったんだけど……。
ごめんな？
べつになんともないし、体調も大丈夫だから。
あんま心配しなくていいからな》

え？　入院……？

《入院って……ちょっと待ってよ。
急に倒れたのに大丈夫なわけないよね？
今は安静にしてるってことだよね……？
本当に大丈夫なの？　治るの？》

お願い……。
冗談って言って。
治るって言って。
私を、美咲の言葉で安心させて。

《心臓病の悪化だって。
でも大丈夫。１週間くらいで治るってさ》

……１週間で治るなら、電話でつらそうだったあの咳はなに？
　本当は、体に大きな負担がかかってるんじゃないの？
　そんなすぐに治るものなの？
　絶対、嘘だよね？
　ねぇ……嘘つかないでよ。
　なにか無理してるから、そうなったんだよね……？
　そうは思うけど、私は美咲が治ると信じるしかない。
　だって、私が信じないわけにはいかないでしょ？

《うん。わかった。
　でも、無理はしないで。お願い》

　言いたい言葉はたくさんあったけど、なんとか呑みこんだ。

《うん。ありがとな》

　そこでメールは終わった。

　それからというもの、毎日毎日、美咲の体調が気になった。
　今までは、咳がひどいことだけしか知らなかった私は、まさかこんなにも病状が悪化していたことに、驚きを隠せなかった。
　何度もパソコンを立ちあげては、美咲からのメールを待った。
　あっという間に、あれから1週間がたった。

だけど、１週間で治ると言っていたはずの美咲からの連絡がまったくない。

美咲？

１週間が過ぎたよ？

退院しているなら、連絡くれるはずだよね？

なにか、美咲が連絡できない理由があるの？

もう待つだけじゃ、我慢できない。

私はメールをすることにした。

《美咲、メールできないなら無理しなくていいよ。

でも私、美咲に毎日メール送るから。

今日あったこと全部、送るから。

一方的でかまわないんだ。

もしヒマなときは返事してね。

じゃ、おやすみなさい》

やはり、この日も返事は来なかった。

このメールを美咲が見たかどうかもわからない。

美咲の生活を、この目で見られているなら、もっと不安な気持ちをなくすことができたかもしれない。

でも、美咲はあまりにも自分勝手だよ……。

私が体調を崩したら、すぐに「早く寝ろ」って怒って心配してくれるくせに、私には心配すらさせてくれない。

心配かけるから、連絡しないでいるのかもしれないけれど……そんなの悲しいよ。

付き合っているんだから、美咲がつらいことを私だって理解してあげたい。

一方的にメールをすると宣言したものの、案の定、その後も美咲からの返事はいっこうになかった。

でも、一度始めると決めたこと。

私は続けることしかできなかった。

こうして私は、メールを毎日送りつづけた。

《おはようっ！
今日は学校で、マラソンの練習があるよ～。
本番は全校対抗だから、後輩に負けないようにがんばって練習してきます＼(＾ｏ＾)／
体の調子はどうですか～？》

今までならつけないような顔文字なんてつけたりして、美咲に元気が届けばいいなと思った。

《おはようっ！
今日は確認テストの返しがあったよ～。
点数見てびっくり！
今まででで最低だよ(´；ω；｀)
３年生って難しいね～……。
勉強教えて一っ！＼(＾ｏ＾)／
つらくないかな？》

こうして毎日毎日、くだらない話をした。

同じようなメールを送った。

誰の目にも止まらないかもしれないメールを、私はひたすら送りつづけることで、精神を保とうとしていた。

だけど、やっぱり弱い私は、メールを送るだけじゃ我慢できなくなって、何度も電話をしようと思った。

でも……病院ではケータイが使えないかもしれない。

もしかしたら、家に放置してあるのかもしれない。

そんな風に、いろんな可能性を考えると、時間も考えずに私から美咲に電話をすることなんてできなかった。

それに、電話していいよって言われてないのに電話をかけて……美咲がすごくつらかったらどうしよう。

それでも美咲は、私を安心させるために、「大丈夫」って言うに決まってる。

そう思ったら、通話ボタンを押すことができなかった。

メールを送りつづけて３週間くらいたったある日。

７月になり梅雨も明け、晴れの日が続いていた。

家に帰り、いつもどおり一方的なメール送ろうと、パソコンの前に座る。

返事は期待するけど、今日も来ていないだろうと思っていた。

習慣とは恐ろしいもので、返事が来ないことが、私の中で当たり前になりつつあった。

しかし、メールボックスを開くと、たった１通、メールが届いてた。

それは、美咲からだった。

内容はひどく簡単なもの。

《なあ、お前の夢ってなに？

今日、夜電話できそうだから、ヒマだったらかけて》

たったそれだけだった。

でも、うれしかった。

美咲が元気でいたこと。

美咲から電話したいと言ってくれたこと。

美咲も、私の声を聞きたいと思ってくれてるのかな。

元気にしてるかどうかはわからないけど、ちゃんとメールを見てくれているんだ、と思った。

毎日送っていたメールがムダじゃなかったことに、喜びを感じた。

少しでも、あのメールで美咲は元気になれていたかな？

それに、返事が来たということは、美咲が私の存在を忘れていなかったということだ。

どうしていきなり、美咲から夢の話が出たのかはわからないけれど、私にも私なりに夢がある。

その話ができればいいな、なんて簡単に思いながら、返事をすることにした。

《美咲がメール見てくれていたことにうれしくなったよ。

返事くれてありがとう。
まだ、こうなりたいという夢があるわけじゃない。
でも、私はまだまだこれから自分の可能性を信じて、やりたいことをやっていこうと思ってるよ。
今日の夜は、その話がしたいね。
時間があるとき、かけてもいい?
かけさせてもらいます》

送ってから、ふと考える。
夜っていつからだろう……。
こんな疑問が湧いたのは生まれてはじめてだ。
いや、生まれてから死ぬまで一回も考えない人もいるんだろうな。
こんな小さなことを考えてしまうくらいに、私は美咲に気を遣っている、ということに気づいた。
知らず知らずのうちに、私は美咲と時間を共有したいがために、自分のお風呂や寝る時間をずらしていた。
勉強中こそ勉強に集中していたけれど、あと1分返事を待ってから勉強しよう、と思ったりもしていた。
それでも、自分がそうしたかったから、それでいい。
美咲は忙しくて、体調だってその日によっていいか悪いかわからない。
だから、合わせられる方が合わせるっていうのは当たり前の話だと思う。

私の中の“夜”は、なんとなく9時。

だから私は9時になった瞬間、電話をした。

美咲からしたら、時間なんかはどうでもよかったのかもしれないけど。

それでも、病院にいる美咲のことを思うと、へたに電話して迷惑をかけるようなことだけはしたくなかった。

――プルプルプルプル……。

4回……5回目のコールのあと、私の大好きな少し高めのハスキーな声がケータイに響いた。

『もしもし』

「もしもし。咲希です」

『おう。連絡できなくてごめんな。ゴホッゴホッ……』

「大丈夫……？　やっぱりつらい……よね？　無理させてごめんね。私のせいで……」

実際に美咲のつらそうな声を聞くと、やっぱり電話はやめておけばよかったかな……と少し後悔した。

『いや、大丈夫。心配させてごめんな』

「ううん」

『っ……咲希。俺のこと、信じられねぇかもしんねぇけど、俺の中で今一番、大切だと思うのは、咲希だ。本当だからな。こうやって笑えるのも咲希のおかげだし。俺には本当に、咲希しか必要ないから……』

久しぶりに聞いた美咲の一言目が、なぜこんな言葉だったのか、なんとなくわかる気がする。

私が不安がっているのを汲みとってくれる、美咲なりの配慮なんだと思う。
「うん。ありがとう。信じてるよ。私にも美咲しか必要ないし、美咲の気持ちは伝わってるよ」
　そんな美咲の気持ちがうれしかった。
　久しぶりに連絡ができたから、聞きたいことも、話したいこともたくさんあった。
　だけど、「ねぇ……」と続ける前に、美咲の声が私の声を遮った。
『また明日から俺、検査の毎日で、メールも電話もできねぇ。でも、ちゃんと見てるから。メール見てるから。咲希が、どう思ってるとか、ちゃんとわかってるから。だから、やめないで続けてほしい』
「よかった……ちゃんと見ててくれたんだ。やめないでほしいと言ってくれてうれしい……」
『バカ、当然だろ。好きな人からメールが来るのに、読まないわけないだろ』
　クスクスと笑う美咲にうれしくなった。
　好き、って言われた……。
　やっぱり美咲の声で直接言われると、メールよりもずっと心臓がドキドキする。
「そ、そっか……。ありがと。毎日送りつづけるね」
『あと、最後にひとつだけ。俺、いきなり夢の話しただろ？』
「うん」
　メールで、「お前の夢ってなに？」って聞いてたことかな。
『俺さ、俺の母さんがどこにいるか、じつは知ってるんだよ。咲希には、母さんの話はあまりしたことなかったけど、俺、いつか母さんに会いにいこうと思ってる。俺、母さんがしてる仕事がしたいんだよね。それが俺の夢。どうしても、咲希に聞いてほしかったんだよ。ありがとな』

そうだったんだ……。

お母さんと同じ仕事をするのが夢って、カッコいいな。

「そっか……。家族のこと、私、勝手に突っこんじゃいけないかなって思ってて、あんまり聞けなかったから、話してくれてすごいうれしいよ。毎回、美咲には安心させられてばっかりだ。ホントありがとう。美咲のこと大好きだからね！」

あ……。

私、美咲に“大好き”って、はじめて声に出して伝えたかもしれない。

自然に言葉にしてしまっていた。

『っちょ……。……お前、可愛すぎ。じゃあな』

——……プーップーップーッ……。

へっ!?

い、いきなりすぎるよ！

もっと話したいことがたくさんあったのにぃー！　もう！

本当、振り回されてばっかりだ。

でも、それさえもうれしいと思ってしまう。

美咲のお母さんの話も、聞けてよかった。

お父さんとお母さんは、なにかがうまくいかなくて、家族一緒にいることはできなくなってしまったけど……。
美咲はきっと、ふたりとも大好きなんだね。
美咲のお母さんの仕事って、どんなことなんだろう？
美咲が大好きな人の仕事だから、きっと素敵な仕事なんだろうな。
美咲の夢、叶うといいなぁ。

ニヤニヤ……。
お風呂に入りながら、さっき最後に美咲が言ってくれた言葉を思い出す。
私は気持ち悪いヤツだ。
でも、本当にうれしかった。
美咲がどんなにつらくてもメールを読んでくれていることが、とてもうれしかった。
美咲が私を見ていてくれてるみたいだった。
お母さんの話をしてくれたこと、最後に可愛いって言ってくれたこと。
全部うれしくて、今日電話して本当によかった。
この気持ちがずっと続くんだと思った。
メールなんて返ってこなくても、電話なんてしなくても。
キミに会うことができなくても……。
いつか、すべて叶う日が必ず来るはずだから。
その日が来ることを信じて待っていよう。

どこへ行ってしまったの？

【咲希side】

私は、美咲への気持ちを本人にぶつけられない分、友達にたくさんノロケ話をした。

みんなは同情せずに私の話を聞いてくれた。

友達には、美咲の病気のことは話してあった。

詳しくは話していないけれど、きっとみんな命に関わる病気であることは察していると思う。

私はみんなの前で、美咲の病気のことで弱音を吐いたことはなかった。

そのことを理解したうえで、あえて私のことを“かわいそう”って思わないようにしてくれていた。

同情はされたくなかった。

私たちはべつに、かわいそうなカップルなわけではないから。

みんなが当たり前のように恋人とできることができなくても、私たちにしかわからない特別な感情がある。

遠距離で、しかも彼氏が病気という状況はめずらしい。

だけど、電話やメールができるだけで、幸せだと思える気持ちは、すぐ会える距離にいたら、知りえない感情。

今は美咲が入院しているから、電話やメールさえ難しいけれど。

でもその分、たまに声を聞けたりするだけでうれしさが大きくなる。

だから、みんなが同情しないで私たちの話を聞いてくれることは、心強かった。

そんな中、中学３年生最大のイベント、修学旅行が近づいていた。

中学の修学旅行は、人生で一度しかない。

周りの人も一生の思い出になるよ、と言っているし、すごく楽しみにしていた。

行き先は、京都と大阪。

今は総合の授業中で、班ごとに集まって旅行の日程を決めていた。

同じ班の友達と、自由行動どこへ行く？なんて話をしていると、ひとりが清水寺（きよみずでら）に行こう、と言いだした。

私は「王道だねぇ〜」と言った。

「咲希、知らないの？　清水寺の敷地（しきち）内に、地主（じしゅ）神社っていう恋の神様がいる神社があるんだよ！　行きたくない!?」

と言ってきた。

「行きたくない……わけないじゃん!!　なにそれ！　うれしい！」

そこに行って、美咲と私の関係がずーっと続きますように！とお願いしたい。

ついでに、神様ちがいだけど、美咲の健康もお願いしたいな。

修学旅行の目的ができて、私はますます楽しみになっていた。

その日の夜、美咲にもメールで報告することにした。
私は知らなかったけれど、地主神社は観光地として非常に有名らしいので、美咲も知っているかもしれない。
そう思って反応を楽しみにしていたのに、やはり数日たっても返事はなかった。
私は、美咲のことを想い、ふたりのこれからのことを想い、地主神社に行きたい。
そう思っていたのに、返事が一言もないことを、とても悲しく思った。
美咲に見てもらえるだけで十分だと思っていたはずなのに、返事を期待している自分に嫌けがさした。
このままでは、どんどん私は欲ばりになっていってしまう……。
この日から、徐々にメールが送れなくなっていった。
送りつづけると、私はもっと自分のことが嫌になってしまいそうだったから。
自分が送らなければ、美咲から返事が来なくても悲しくなることはない。
むしろ、メールが来たらラッキー、くらいの気持ちでいられる。
ただ、前と変わらず、空を見あげることだけは毎日欠かさず続けていた。
メールのやりとりを通して、お互いの状態や感情を伝え合うことはしていない。

だけどそのかわり、空の表情で美咲のことがわかる気がしていた。

メールで状況が把握できない分、美咲のことは空を見あげて理解しようとしていた。

そうすれば、少しは美咲のことをわかってあげられる気がしていた。

メールを送らなくなってから1週間。

意地を張りつづけても自分がさびしいだけなのは十分にわかっていたから、報告したいことがあるときだけは、美咲に連絡しよう、そう思ってメールを送った。

《美咲、久しぶり。
最近、メール送れなくてごめんね。
やっぱり返事が来ないってわかってても、期待しちゃってる私がいてさ……。
情けないよね。
たまに、でいいから、返事くれるとうれしいな。
待ってます》

……すると、意外にもすぐに返事が来た。

《正直、俺、今生きてるだけで精いっぱいだし、病院と学校行くので精いっぱい。

だから、メールとかする余裕ねぇよ。
咲希は修学旅行、楽しんできな》

「…………」
なんだかすごく冷たかった。
わかってるよ、忙しいんだよね？
でも……どういう意味なの？
私のことは、どうでもいいの？
学校に行けてるってことは、もう退院したってこと？
私、彼女なのに、美咲が退院したことも知らなかったよ。
修学旅行のことも、美咲は興味（きょうみ）なさそうだね。
たしかに、今の美咲は生きることに必死なんだろう。
わかってるよ……。
でも、生きるために、私の支えは必要ないってこと？
美咲が生きるために、私はいなくてもいいってことだよね……。
私たち、遠距離で、連絡も取れないのに……。
彼氏を支えることができていない私って、なに？
彼女でいる意味ないじゃん。
しっかりと自分の中にあったはずの考えが、すべて狂いだした。
美咲と出会って知った今までのものが、すべて消えかかっていた。
遠い距離がふたりの気持ちを近づけてくれていると思っていた。

言葉にしなくても、空があるかぎり、私たちは大丈夫だと思っていた。

距離や病気の関係で、できないことがたくさんあった。

それでも、いつか美咲に会えると信じて待つことができた。

その日がとても楽しみで、つらいことすべて我慢できる気がしてた……。

別れてしまったとき、もう二度と……美咲の手を離さないと誓ったはずなのに。

美咲のいない日々より、悲しいものなんてないと思っていたのに……。

どうして消えてしまったのかな？

本当は今に始まったことじゃないのかもしれない。

美咲が琴音さんの話をしたあの夜から、歯車は狂いはじめていたのかもしれない。

噛み合わない生活、伝わらない感情……。

私が彼女でいる意味がない。

もう美咲は、私が支えなくても生きていける。

そう思った。

これまで何度も、美咲の気持ちを理解しようとした。

メールが来なくてさびしくても、我慢した。

頼ってくれる日をずっと待っていた。

なにがあっても美咲を信じようって、そう思って、いつも自分のことよりも美咲のことを優先してきた。

だけど……もう限界だ。

美咲に縛られている自分が嫌だった。

もう、私は私のために生活をしたい。

美咲は、私のこと放置して、私のことなんかなにも考えていないのに、どうして私だけ、追いかけつづけなきゃいけないの……。

そう思いはじめると、止まらなかった。

私には、これからがんばらなきゃいけないことがたくさんある。

部活の最後の大会も、受験も。

……わからない。

好きっていう気持ちは、どこへ行ってしまったの？

美咲のことを思ってる自分に、縛られていただけなのかな。

私は……美咲のせいにして逃げた。

すべてのことから逃げだした。

好きという気持ちからさえも。

……どうして、こうなってしまったんだろう。

誰が悪かったんだろう。

どこで、なにで、道をまちがえたんだろう。

私は美咲に最後のメールを送った。

《美咲、私はもうひとりで待てないよ。

大丈夫、美咲は私が支えなくても……生きていける。

私がいてもいなくても、変わらない。

今までありがとう。

苦しいこと、たくさんあったけれど、美咲のことを考えれば簡単に乗りこえられた。

たくさん幸せにしてくれて、ありがとう。
大好きでした。
離れても、美咲が元気でいてくれることだけは、ずっと祈ってるから。
この人生で美咲に出会えたこと、一生忘れない》

こうするしか、道が見つからなかった。
それくらい、私は追いこまれていた。
これ以上、美咲のそばにいたら、もっと自分を追いこんでしまいそうで……。
私は自分が崩れてしまうのが怖かった。
だから逃げた。
私はすごくズルい。

美咲からの返事が来たのは、それから3日後のことだった。

《なんでそんなこと言うんだよ。
俺には咲希しかいねぇんだよ……。
考えなおしてください》

答えはノーだった。
私たちは何度も道をまちがえた。
最初に私が踏みはずしたときは、美咲が支えてくれた。
私は、そのあと必死で、美咲の支えになろうとがんばった。
だけどそれは、美咲のためじゃなく、自分のために。

大好きな人の、“大好きな人”でありつづけたかったから。

でも、何度繰り返しても、ふたたび私たちの歯車が噛み合って動きだすことは、きっとないだろう。

それだけ、私たちは失敗を重ねてきた。

できることなら、私はずっと美咲のそばにいたかった。

美咲の特別な人でいつづけたかった。

遠い距離にいても、支えつづけたかった。

美咲の生きる糧(かて)でありたかった。

病気と闘うための、安心できる存在でありたかった。

美咲の幸せを、一番に隣で見ていたかった。

夢を応援したかった。

特別な存在でありつづけたかった。

でも、ごめんね。

もう決めたから……。

ふたりで同時に幸せになるには、あまりに超えなければならない壁が多すぎたね。

《ごめんね。

幸せになってね。

さよなら》

必死で考えて、出した答えだった。

これが正解になるはずだった。

私は正しい道を選んだはずだった。

だけど……。

美咲と別れてから、心の中の時計はずっと止まったまま。

笑えない日々が続く。

なにを楽しみに学校へ行けばいいのか。

なにを楽しみに明日を生きればいいのか。

今は、誰にもなにも話す気にはなれなかった。

きっと話しても、なにも解決できないから。

私の美咲への気持ちは、言葉にできるほど簡単なものではない。

たったひとつしかない、宝物を失ってしまった。

だけど、それは仕方ないもの。

離れてしまっても、美咲を好きな気持ちは変わらなかった。

そんな簡単に捨てきれる想いじゃなかった。

連絡なんて、最後の方はほとんど取っていなかったのに。

それでも、美咲の彼女でいるという自信が、私を強くさせていた。

美咲と別れるまで、そのことには気づけなかった。

それだけ、美咲は私の心の支えだった。

こんなに、好きで……。

こんなに大切に想っていても、うまくいかない。

どうすればよかったんだろう……。

考えても答えは出ない。

ただ、苦しさだけが残っていた。

空を見あげると、曇り空から雨が降ってきた。

頬が濡れているのは、雨が降っているから？

それとも、泣いているから？

……つらさも一緒に流れてしまえばいいのに。

涙が流れぬようにと。

美咲を思い出せるようにと。

美咲を近くに感じられるようにと。

キミの笑顔を見るために見ていた空でさえ、暗くなる。

「忘れてしまえ」

そんな声が聞こえた気さえする。

ごめんなさい、ごめんなさい。

本当は私が悪いのに。

別れのメールを最後に、美咲と連絡は取らなくなった。

ただひとつ、アドレスブックから消すことのできなかった“美咲”の文字が、画面を開くたびに私を苦しめた。

それでも、美咲と幸せだったあの日々は、たしかに嘘じゃないとわかっていたから、それを糧にがんばれた。

美咲はきっと元気でいてくれてるよね。

病気は少しずつよくなっているはず。

それを毎日願うことで、私も少しは元気になれた。

なんとか笑いつづけた。

偽(いつわ)りの笑顔とわかっていたけど。

ただ、枯れてしまった涙はもう出なかった。

もう疲れたよ。

涙を流すことも。

感情をさらけ出すことも。

第5章
終わらない想い

目的地へと

【咲希side】

美咲と別れて２週間後、私たち３年生の部活最後の大会があった。

地区で優勝できなかった私たちは、２年半のバレー生活に終わりを告げた。

本格的に受験一本になり、夏休みも毎日学校に通った。

周りより部活が忙しかった私は、遅れを取りもどすように勉強に打ちこんだ。

勉強に対する焦りもあったけれど、どこかで美咲を思い出す時間がないようにしていたのも本音だ。

夏美は高校でもバレーを続けるために、スポーツ推薦(すいせん)をもらうみたいだった。

私が勉強している間も、受ける高校の体育館へ顔を出しては、毎日高校生の練習に参加させてもらっているようだった。

生活が合わなくなった私たちは会う機会も減り、美咲の話をする時間を見つけられずにいた。

夏休みが終わり、９月に入ると中学最後のイベントが待ち受けていた。

「今日から３日間！　修学旅行〜〜〜!!」

友達と騒ぎながらバスに乗り、一日目の大阪へ向かう。

この修学旅行の間は、憂鬱なこともすべて忘れようと思い、友達とたくさん恋バナをした。

夜、ホテルに着くと自由時間になり、仲のいい友達でひとつの部屋に集まった。
その中には夏美もいて、この機会を逃してはいけないと思い、私はみんなに美咲のことを話すことにした。
「楽しい修学旅行中にゴメン。じつは私、美咲と別れたんだ」
きっとみんな、気づいていたんだろう。
「うん」とだけ言うと、私の話の続きに耳を傾けた。
このとき、はじめて美咲の病気の詳細を話す。
そして、別れた理由もはじめて口に出す。
いろんな悲しい思いがあったけれど、なんとかすべてを話しおえた。
「……そっか、がんばったね」
シンと静まり返った部屋に、夏美の声が響いた。
「うん、こんなときに話してごめんね。でも、大丈夫だよ、私は。ちゃんと考えて、決めたことだから」
そう言いながらも、目に涙が溜まるのがわかった。
「せっかくの修学旅行だから、忘れて楽しも？　ね？」
みんなの声が温かい。
うれしかった。
美咲のことを口に出すまで、１ヶ月以上、時間が必要だった。

でも友達がいたから、今ここまで立ちなおれた。

もう美咲に未練はない……とは言えない。

正直、日がたてばたつほど、美咲の言葉たちが鮮明に脳裏に焼きついていく。

忘れようとするたび、たくさんの美咲の言葉が、脳を刺激する。

思い出が私を離してくれない。

どうして？

忘れることさえ、神様は許してくれないの？

早く楽になりたい、なんてズルい考えだけど、このままでは壊れてしまいそうだった。

叶わないものを追いつづけるには、まだ私は弱すぎた。

修学旅行は本当に楽しくて、一時、気持ちを軽くしてくれた。

あっという間に観光は終わり、寝坊しそうになった最終日の朝。

「もう３日目なのに、修学旅行って感じがしないんだけど～!!」

誰かがそんなことを言いだした。

私もそう思っていた。

私たちは３日間も修学旅行を満喫したくせに、修学旅行だという気分になれてすらいなかった。

鈍感にもほどがある……。

それくらい、友達といる時間はあっという間で、県外にいることさえ忘れていた。
　ホテルの部屋の持ち物を片づけ、他の班より少し早めにバスに乗った。
　最終日は、“京都”で自由行動。
　この日だけは、きっと美咲のことを想ってつらくなるだろうと、修学旅行に来る前から思っていた。
　バスで隣の席になった男の子は、頭の形がオニギリみたいな子だった。
　まん丸な顔をしてるうえに坊主だから、なおさらオニギリを連想させた。
　その子からは元気をもらった。
　憂鬱な私の気持ちを察したのか、察してないのかはわからないけど。
「俺、一瀬さんとちゃんと話すの、はじめてだよな？」
「そうかも……。はじめまして？」
　ケケケとよく笑う、元気な男の子だった。
　自分で冗談を言っては、ノリツッコミして楽しんでいた。
　それにつられて、私も自然と笑顔になっていた。
　久しぶりに男の子と会話したなぁ。
　隣がいい子でよかった。
　そのあともオニギリくんとは会話がはずんで恋バナになった。
「アイツは、ゆみちゃんのことが好きらしいよ！」
　私の話は濁（にご）しつつ、女の子が知らない、男の子のいろんな秘密（ひみつ）話が聞けた。

「あ、そういえば、アイツも誰かのこと気になるって言ってたなー」
　オニギリくんはひとりでベラベラと話していたけど、すごく楽しい時間を過ごせた。
　私がワクワクする恋バナをたくさんしてくれた。

「着いたぞ～」
　先生の声に、心臓が高鳴る。
　窓の外をのぞくと、京都の街並みが広がっていた。
　バスの移動時間はあっという間で、憂鬱な気分から少しだけ脱出（だっしゅつ）できた。
　オニギリ君には感謝しないと。
　ここは、特別な場所……。
　本来なら、もっとワクワクする一番の場所だったはずなのに、今は息苦しい。
　バスをおりると、夏美が心配そうに近づいてくる。
「ねぇ、大丈夫？　咲希だけ、ちがうところで休憩しててもいいんだよ？　無理に行かないといけないわけじゃないよ」
　そう言って私の背中をさする。
　私、そんなにつらそうな表情してたかな……。
「大丈夫。自分で出した答えに苦しみつづけるのは、ちがうってわかってるから」
　夏美、本当にごめんね。
　いつもありがとう。

清水寺に着くと、いっそう心臓が高鳴った。

たくさんの人、人、人。

グルグルとめまぐるしい人の動きと、苦しい気持ちで酔(よ)ってしまいそうだった。

たくさんの観光客にまぎれ、なんとか目的地へとたどり着く。

友達は地主神社でうれしそうに、恋みくじを引いていた。

美咲との恋が続くように、と願おうとしていた神社。

今はその目的もなくなってしまった。

私は当分、恋愛に期待はしない。

そう思い、フゥと息を吐いて心を落ちつかせる。

「だっはーー笑　恋みくじとか、バカじゃねーの？　そんなの信じなくても、俺はここにいるだろ」

ハッ。

美咲の声が聞こえたような気がして、心臓が跳ねる。

動悸(どうき)が止まらなくなる。

――ドッドッドッドッ。

嫌な夢でも見たかのようだった。

忘れたい……。

忘れたいけど、忘れたくない。

この想いを消してしまったら、美咲がいなくなってしまうようだった。

美咲の言葉が、声が、昨日のことのように思い浮かぶ。

ちがう、ちがう、ちがう、ちがう。

美咲はもう、私の隣にはいない。

「ねぇ、咲希……なんで泣いてるの？」

夏美の声がする。

私、泣いてたんだ。

また心配かけちゃうな。

夏美の手には、大事そうに恋みくじが握られていた。

自分の手で

【咲希side】

楽しかった修学旅行が終わり、また受験生へと戻った。

なにか人生を変えるような大きな出来事でも起きないかなと思いながら、ゆっくりと一日一日を過ごす。

美咲の隣にいた頃よりも、時は流れることを恐れているようだった。

止まってしまったんじゃないか？と思うくらい、ゆっくりと過ぎていった。

私は美咲と別れて、自分を見つめる時間が増えた。

少しずつ大人になっていった私は、時間とともに薄(うす)れゆく感情に気づいていた。

時に身を任せ、少しずつ歩くことを続けていけば、いつか……美咲を忘れられる日が来るかもしれない。

ううん、そんなのは妄想(もうそう)だ。

薄れゆくのは、感情ではない。

思い出だ。

美咲との思い出が、少しずつ更新されていく。

家族旅行や友達との遊び、勉強、いろんな日々の出来事で脳が埋めつくされていく。

好きという気持ちは変わらないのに、記憶ばかり曖昧になっていく。

美咲との大事な日々が、あの愛おしかった時間が。

すべて過去になっていく。

時間が過ぎれば過ぎるほど、時を刻めば刻むほど。

過去は過去に積みかさねられ、消えていく。

このまま、美咲との大事な時間も消えてしまうのだろうか。

いつか、思い出せなくなる日が来るのだろうか。

そんな恐ろしい日が来ることを考えるだけで、吐きそうになった。

感情を押し殺そうかとも考えた。

そうすれば、毎日の出来事は私の心に印象を刻まない。

印象を刻まなければ、新しい思い出は増えない。

そうすればいつまでも、美咲との美しい過去は私の中に残りつづける。

……キミを好きな気持ちと一緒に。

このままではいけない。

このままではなにも変わらない。

わかってはいるのに、行動に移せなかった。

なにをすれば、どうすれば、なにが正解なのか、もう私には選ぶことはできなくなっていた。

ゆっくりと過ぎゆく時間は、私を助けてはくれなかった。

そんなとき、どんな私でも正面から受けとめてくれる人がいた。

夏美だ。

夏美だけは、私のそばにずっといてくれた。

私たちは志望校も、したいことも、夢もまったくちがう。

だから、毎日の生活の中で共有する時間は少ない。

それでも、夏美は時間を見つけては、私の近くで私を支えてくれていた。
「私、いっそのこと彼氏でも作ってしまおうかな」
って、また道をまちがえそうになったときも。
「それで誰が幸せになる？　相手を傷つけて、自分も傷つくだけだよ。それでいいの？　咲希は」
厳しく叱ってくれた。
私を気遣う周りの友達とはちがった。
夏美だけは、必死に私を救いだそうと、ずっと手を差しのべていてくれた。
自分のことで忙しい日も、彼氏とケンカしてつらい日も。
私を一番に考えてくれた。
私がムダな人生を送らないように、もう一度、踏んばれるようにと。
「咲希が望まなくても、明日は来るよ。その明日をどう使うかは咲希しだいだけど、ムダにするにはもったいないと思わない？　今日という日は、二度と戻ってこないよ」
夏美の忘れられない一言だ。
「……私、美咲を忘れられない」
私の口から出た、はじめての弱音。
「ずっと思ってた。そうなんじゃないかなって。咲希はがんばり屋さんだから、あんまり言葉にしないけど、美咲さんをずっと好きだったんじゃないかなって思ってた。勉強や部活を理由にごまかしても、自分の気持ちに嘘はつけないよね。やっと、ちゃんと正直になれたね。がんばりな？」

誰かがこの言葉を言ってくれるのを待っていた。
あと一押しが必要だった。
私ひとりでは、立ちあがれなかった。
この言葉があったから、一歩踏みだせる。
夏美には感謝してもしきれないけど、本当に感謝してる。
夏美は、私のなにもかもをわかってくれる気がする。
言ってほしいことを言ってくれる気がする。
最高の親友。本当にありがとう。
やっと踏みだせそう。
やっと。

美咲と別れてから、２ヶ月以上が過ぎていた。
今さらズルいことは言えない。
彼女に戻りたいわけではない。
もうそれは叶わなくていい。
だけど、彼女として隣にいることができなくても、私は美咲が生きていく日々を応援したい。
こんなに好きになった人を、思い出にしたくない。
美咲は、人として尊敬（そんけい）できる人だった。
だから、恋人じゃなくてもいい。
ただ、つまずいたときに力になれる存在でいい。
病気できっとつらい時期だろうから、その想いを受けとめてあげられるだけでいい。
もう心で無事を祈るだけではいけない。
行動に移さなければ。

美咲のこれから歩む道を見ていたい……。
とにかく想いを伝えようと思った。
伝えたい思いはたくさんあったけど……。
とてもまとめることはできそうにないから、言葉にできることだけを綴（つづ）った。
たったの3文。

《元気にしてますか？
咲希は元気です。
よかったら返事ください》

送信ボタンを押した指が震えているのがわかった。
もしかしたら、返事は来ないかもしれない。
アドレスを変えてしまったかもしれない。
私のことを思い出したくないかもしれない。
嫌な思いが浮かんでくるけど、気長に待とう。
私がまちがえた道だから、自分の手で正したい。
そう決心した。
しかし、返事はすぐに返ってきた。

《よぉ、久しぶり。
元気だよ。どうした？》

……あれ？
なんか違和感がある。

久しぶりに連絡したもんだから、美咲とのメールのやりとりがどんなだったか忘れてしまっているのかな？
きっとそうだよね、と自分に言い聞かせた。
それよりも、早く伝えたかった。

《返事ありがとう。
やっぱり考えても考えても、美咲しか考えられなくなった。
私には美咲しか考えられない。
ワガママでごめんね。
今、美咲に彼女がいて、咲希なんてもう必要ないかもしれない。
でも、好きでいる。
ずっとずっと好きでいる。
美咲の人生を、私に見させてほしい。
私の人生を、美咲に見ていてほしい。
彼女とか特別な存在じゃなくていいから、こうやって連絡を取っていたい。
いつまでも、私の特別でいてほしい。
ワガママで、今さら、本当にごめんね》

内容を読み返してみても、自分は最低だと思った。
でも、隠しきれなくなった。
美咲への気持ちを隠しつづけているのは、つらかった。
夏美の力を借りて、やっとここまでたどり着けた。
もう返事は怖くない。

大丈夫。

また一から失った信用を取りもどせばいいんだから。

いつまででも待つよ。

彼女がいたって、特別な人がいたって、私を嫌いになっていたって。

私の中でどんな美咲も、変わらないから。

ソワソワしていると、美咲から返事が届く。

《咲希ちゃん。ごめんなさい。

本当は、俺、美咲じゃないんだ。

美咲は、咲希ちゃんからメールがあるかもしれないって、俺にケータイを渡した。

美咲には、咲希ちゃんに『俺は元気』ってことだけ伝えてって言われてたんだけど。

やっぱ、隠しきれないから正直に話すね。

美咲のヤツ、メールとかアドレス帳とか初期化してて、こっちから連絡できなくてごめん。

美咲は、もうこの世にいないよ。

この前、亡くなったよ》

「……っ」

目の前がまっ白になった。

言葉が見つからなかった。

体に力が入らない。

涙か冷や汗かわからないものが、ドッとあふれだした。
どういう意味？
美咲が亡くなった？
なんで？

《嘘ですよね？》

これしか返事が送れなかった。
いつもみたいに……。
「嘘！　冗談だよ。すぐ引っかかるなんてバカだな、やっぱり笑。なにも変わってねぇなバカ」
って言ってよ。
私は変わってないよ？
なにも変わってない。
遠まわりはしたけど、今も美咲が大好きだよ。
お願い、嘘だと言って……また笑ってよ。
だけど……。
私の願いもむなしく、返事が返ってくる。

《本当なんだ。
信じられないのはわかる。
いきなりつらいこと言ってごめん。
でも、本当のことなんだよ。
咲希ちゃん、最近、修学旅行で京都行った？
その日さ、今なら咲希ちゃんの居場所がわかるからって美咲、病院抜け出したんだよ。
本当バカだよな。行ける状態なんかじゃねぇのに。
抜け出せたって、お金も持ってないし、自分がなにもできないのはわかってるはずなのに。
俺らはすぐ追いかけて見つけて、結局、病院戻ったんだけどさ。
でも、それからずっと体調が悪くてさ。
やっぱ、どうにも戻んなくて。
結局そのすぐあとに、アイツ、この世を去ったよ》

「っ……」
信じられなかった。
言葉にならない声が出て、嗚咽(おえつ)に変わった。
ごめんなさい……。
ごめんなさい……。
私、美咲に最後になんて言った？
別れを告げたあの日、最後の最低な言葉しか残せてないよ。
美咲に、ちゃんと好きだって言えてないよ。
美咲は私の本当の想いを知らないよ。
ちゃんと伝えられなかった……。
あのときがチャンスだったのに。
あのときしかなかったのに。
どうしてあの日、あんなこと言ったの。
どうしてやめられたときに、やめなかったの。
どうして、どうして、どうして……。

「どうして……っ！」

《ごめんなさい、言葉が、浮かばなくて》

そう返事をするのが精いっぱいだった。

《俺は咲希ちゃんを責めてるんじゃない。
むしろ俺らは、咲希ちゃんに感謝してんだよ。
琴音がいなくなってから、アイツ、まったく笑わなくなってさ。感情を出さなくなった。
でも、咲希ちゃんに会ってから、変わったんだよ。
見ちがえるように笑うようになった。
学校もマジメに来るようになった。
咲希ちゃんのこと、バカなんだよって、うれしそうに話してた。
咲希ちゃんのおかげだよ。
それにさ。
アイツ……最後に俺に言ったんだ。
「人生、まあまあ楽しかった」ってさ。
アイツの人生、ロクなもんじゃないよ。
楽しいなんてもんじゃない。
家族はうまくいかない。
琴音もいねぇ、自分は病気。
でもね、アイツのこの言葉、全部咲希ちゃんのおかげだと思う。

アイツは、少しだったけど、最後に咲希ちゃんといられた時間が、すげえ楽しかったんだろうな。
幸せだったんだろうな。
充実してたんだろうな。
イキイキしてたよ、ホント。
近くで咲希ちゃんに見せてあげられなかったのが、俺の心残り。
つらい思いたくさんしたと思うけど、一緒にいた時間を作ってくれてありがとな。
あと、こんなのはなぐさめにもなんないと思うけどさ。
最後はどうせ、美咲と別れることになってたと思う。
アイツはそういうの、この世に残していくヤツじゃないから。
だから、アイツはこうやって連絡が来ただけで、こうやって咲希ちゃんが想ってくれてるだけで、幸せだと思う。
これからは、アイツの分も幸せになるのが、咲希ちゃんの役目だと思うよ。
だから咲希ちゃんは自分を責めんなよ。
それじゃあ、俺はこれで》

私はただ、誰もいない自分の部屋で大声を出して泣いた。
私は最低だよ。
本当に最低だよ。
ごめんなさい、ごめんなさい、ごめんなさい。
遅かった。

届かなかった。
届かなくなった。
まっ暗になった。
本当にすべてが……。
あの日、言えなかった言葉を、今さらすべて吐き出すかのように泣いた。
美咲は本当にずっとずっと、私を想ってくれていた。
最期の最期まで、想ってくれていた。
私の些細なメールも覚えていてくれた。
修学旅行の日も覚えていてくれた。
『だっはーー笑　恋みくじとか、バカじゃねーの？　そんなの信じなくても、俺はここにいるだろ』
あれは、私と美咲の会いたいという想いが通じて、空が私に届けてくれた美咲の声だったのかもしれない。
でも私は、咲希は、逃げることしかできなかった。
美咲が一番苦しんでいたときに、なにもできなかった。
私は私と向き合うことに必死で、美咲に向き合えなかった。
美咲は私との電話でもメールでも、一度も弱音を吐かなかった。
どんなにつらくても……。
『心配してくれてありがとな』
私のことばっかり考えてた。
美咲はいつでも、私のことを考えててくれた。
でも私は、そうじゃなかった。
いつも自分のことでいっぱいいっぱいだった。

別れた日から今日まで、連絡しようと思えばできた。
なのに、しなかった。
しなかったんじゃない……。
できなかったんだ。
どうしてあのとき、待てなかったんだろう。
少し我慢すれば、美咲の状況がわかって、私は受けとめることができていたかもしれない。
本当につらくて、検査ばかりの毎日で……美咲は、明日が来ることすら見えなかったのに。
光のない毎日をあきらめずに、美咲は必死に生きていたのに。
私が一番、美咲を信じなきゃいけない存在だったのに。
わかってたはずなのに……。
美咲を手放した。
なのに美咲は、それでも私を想っていてくれた。
……失ってはじめて気づいたよ。
美咲は、琴音さんが一番好きなんだと思ってた。
それはたしかにそのとおりだったと思うけど、その気持ちは別だった。
琴音さんは特別だけど、きっと美咲の中には、“咲希”という存在もちゃんとあった。
ちゃんとひとりの人として、見ていてくれてた。
「好き」だと何度も言ってくれた。
信じてる、って言ってたのに、私はどこかで美咲を信じきれていなかった。

嘘をつきつづけた。

それに気づかず、気づこうとせず、美咲を手放した。

自分がつらいのが耐えられなくなって。

本当は美咲の方が、もっともっとつらいはずだったのにね。

謝っても謝っても、届かない。

気づこうとしなくてごめんね、って、その言葉すらも。

こんなことになるくらいなら、こうなる結末をわかっていたなら……。

止めどなく後悔が押しよせるけど、なにを思っても、もう遅い。

選んだのは私で、この道を自分の意思で進んできた。

美咲はこんな私を好きでいてくれたのに、私はなにもできなかった。

美咲を幸せにすることも……。

人を信じることの素晴らしさも、人を好きになる素晴らしさも、なにもかもすべて。

美咲が教えてくれた。

ほら、また与えられてばかりだ。

私は美咲からもらうばかりで、なにもあげられなかった。

自分の無力さに、腹が立つ。

自分のワガママさかげんに、腹が立つ。

私なんて最低だ。

最低だ。最低だ。

だけど、私は連絡をくれた美咲の友達の言葉に救われてもいた。

最後の選択はまちがえてしまったけど……。
私の想いが伝わっていますように。
言葉にして伝えることはできないけど、毎日でも空に伝えつづけるから。
私がこんなに美咲を大事に思っていたこと。
この日まで向き合えなかったけれど、本当に本当に、一度も美咲を忘れたことはなかったこと。
何度も無事を願った。
美咲の健康を一番に祈っていた。
なにより、ずっと、生きていてほしかった。
ごめんね、美咲。
こんな私を最期まで想っていてくれて……。
本当に本当に、ありがとう。
これからは、私の番だよ。
美咲が一生懸命、最後までつらい思いしながら守ってくれた私への気持ち。
忘れないで繋いでくれた、愛情。
途切れることなく続く、美咲の想い。
これからは私が紡いでいくよ。
何年かかってもいい。
何十年でも、この空に思いつづけるよ。
ごめんなさい、はもう言わないでおく。
美咲がきっと悲しくなるってわかってるから。
私は、私の言葉で、毎日祈りつづけるよ。

言葉にできない

【美咲side】

やっと咲希に自分の過去をすべて話すことができた。

これで隠しごとなく、俺たちは歩みだせる。

毎日、当たり前のようにメールが来て、それに返事をする。

大好きな人からの連絡は、こんなにもうれしいものなのか。

小さな幸せでさえ、うれしさに変わっていた。

この想いをこれからも大事にしたい。

琴音の話をしたとき、咲希があまりにも泣いているから、電話ごしに抱きしめたくて仕方なかった。

きっと、元カノの話をされてうれしい彼女なんていない。

咲希にもいろいろな想いがあったんだと思う。

琴音と咲希の間で葛藤(かっとう)があったと思う。

それでも、咲希は俺を選んでくれた。

琴音のことにも感謝して、今までどおりに空を大事にしてくれた。

遠距離な俺たちは、他の恋人たちのように毎日会って心の距離を縮めることはできない。

でも、俺たちはたくさんの苦労を超えて、想いを縮められたらいいと思ってた。

咲希と俺なら、まちがいなくそれができる。

だけど、人生はそんなにうまくいかないもので……。

俺にはますます時間が足りなくなった。

毎日24時間という時間が、一瞬で過ぎ去っていった。

ベッドから起きあがれない時間が増えすぎた。

隼人や桜には、リアルタイムで俺の状況を報告できたけれど、会えない咲希には伝える手段がない。

文字で表すには言葉が足りない。

言葉にできない。

文字では伝えきれない。

検査が多くてケータイをさわる時間さえない。

薬の副作用(ふくさよう)で体調を崩して寝こんでいても、体がつらくて眠れない夜も、咲希のことを考えていた。

早く、伝えたい。

だけど、ケータイで文字を打つことさえつらい。

長時間画面を見ていると、頭が痛くなった。

少しずつ減っていく咲希のメールに不安も覚えたけれど、それを伝えることさえできなかった。

そんなことをしているうちに、俺は咲希を不安がらせてつらくさせてしまった。

彼女でいてくれればいいだけなのに、そんなのは俺のエゴだった。

体調が悪くてやっとの思いでメールを送ったけど、咲希に強くあたったメールが、すべてを引き離した。

俺たちの関係は終わってしまった。

今から始まるはずの日々が、あっけなく。

いとも簡単に崩れてしまった。

遠距離だと、こんなに簡単に関係が終わるもんなんだな。
でも、俺は咲希になにも言えなかった。
強く引きとめることさえできなかった。
だって、俺は気づいていた。
俺の命はもう長くない。
人は死ぬときにそれを悟(さと)るというけれど、これがそれなのか？
言いたいことも、言えなかったこともたくさんあるけれど、この結末は喜ばしい結末なのかもしれない。
これで……俺がいなくなっても、きっと咲希は大丈夫。
ひとりで生きていける。
また咲希を大事にしてくれる誰かに出会って、咲希も誰かを大事にして……。
「……っ」
……そんなの嫌だ。
つらいよ。
俺、咲希の隣にずっといたかった。
琴音、俺まだそっちに行きたくねぇよ。
まだこっちで咲希のそばにいたいよ。
ふたりで空を見る約束も、なにも果たせてないんだ。
俺、まだ死にたくねぇよ……。

今日は、咲希が修学旅行で京都にいる日だ。
もしかしたら、会えるかもしれない。
体調が優れないのは自分がよくわかっていたけど、早朝に病室を抜けだして駅を目指す。

病院の服を着ているから、たくさんの人の視線が痛い。

午前7時、そろそろ朝食の時間で看護師さんに見つかる頃か？と思い、歩く足を速める。

「美咲!!」

うしろから隼人と桜の声がする。

膝の力が抜けてその場にしゃがみこんだ。

心臓がドクドクと音を立てているのがわかる。

思ったよりも、病院を抜けだしたことがバレるのが早かったけど、本当はすべてわかっていた。

だって俺、京都行きの電車の時間なんて調べていない。

みっともないけど、咲希への気持ちばかり大きくなってしまって、こんなことまでしてしまった。

ムダな行動だってわかってた。

それでも、奇跡があるかもしれない。

ただ、咲希に会いたかった。

隼人と桜は、しゃがみこむ俺の背中をなでながら大声で怒鳴っていた。

なんと言っているのかまったく聞こえない。

ドクドクと高鳴る自分の心臓の音しか聞こえなかった。

ああ、俺生きてるんだ。

そんなことを感じていた。

病院に帰ると、ひどく怒る看護師さんを隼人がなだめていた。

「二度目はないからね」

俺が抜けだした理由を隼人が話すと、そう言って看護師さんは他の病室へ移動していった。

——チッ、チッ、チッ。
時を刻む時計の音が病室に悲しく響く。
病室を飛び出したあの日から１週間が過ぎた。
相変わらず、俺の体調はよくなることはなかった。
隼人は毎日学校帰りに、病室に顔を出してくれた。
あの日、迷惑をかけた隼人に、咲希への想いをすべて話す。
「俺はもう家には帰れないだろうから、咲希から連絡が来たときのために、俺のケータイ持っておいてよ」
「お前、そんな簡単に咲希ちゃんのことあきらめていいのかよ……」
隼人は俺にそう言った。
「……たぶん、もう長くないんだ」
声を振りしぼる。
隼人は驚いた顔をして、言葉を失っていた。
「……ケータイ、預かっておくよ」
隼人は、涙まじりのかすれた声で答えてくれた。
あれ、俺、こんなにこの世に未練があったんだ。
琴音のことが大好きだったときは、早く死にたいって思ってたのに……。
いつの間にこんな風に、人間らしく生きられるようになってたんだろう。
すべて、咲希のおかげなんだろうな。

「俺さぁ、人生、まあまあ楽しかったよ」

咲希に、あんなに大事にしてもらえた。

俺、琴音のときは自分の感情だけで精いっぱいだったからわからなかったんだけど、愛情が優しいものだって咲希に気づかされた。

もう少し、ここで幸せに浸(ひた)っていたかったけれど、もう時間がない。

次、生まれ変われるなら、もう一度、咲希に会いたい。

次こそは、咲希にもっと俺の愛情をまっすぐ伝えることができたらいいな。

今なら、琴音が最後に言った言葉の意味がよくわかる。

“次、生まれ変わるなら”

この言葉には、未来への期待がつまっている。

悲しい言葉なんかじゃないんだ。

咲希、ありがとう。

琴音のことでたくさん傷つけたよな。

俺、たぶん知らないところでお前のこと、たくさん泣かせたよな。

ごめんな。

あとは、空からお前の人生ずっと見ててやるからな。

この世の生活はいったん休憩することにするよ。

じゃあ、またな。

大好きだったよ。

笑顔を届けたい

【咲希side】

晴れてる日も、雨が降る日も、私は空を見あげた。

美咲の感情がそこにあるみたいだ。

私は私を責めつづけた。

そうすることで、自分の精神を保ちつづけた。

私が私を許したら、誰が私を責めてくれる？

きっと美咲は優しいから、咲希が元気でよかったって、空で笑ってくれてるんでしょ。

だから私は、私を許さない。

この気持ちを忘れないよう、来る日も来る日も、空を見あげつづけた。

涙の止まらない夜も、永遠に暗さが続きそうな朝も。

だけどこんな私も、自分の想いには逆らえない。

美咲に会いたい……。

こんな私が美咲に会いにいく資格がないのはわかってる。

でも、最期の瞬間まで美咲が私を想っていてくれたなら、私ができることはしたい。

この恋を、このまま思い出だけで終わらせることはできない。

永遠に続くこの想いを、行動せずに心の奥底に押しこめたくない。

美咲がいなくなった、なんて事実、私が一番信じたくない。

でも、その現実に向き合うんだ。
ちゃんと向き合って、直接会って謝るんだ。
どんなにつらくても、ここで逃げたら美咲の想いは、私の想いはどうなるの。
美咲が最期に息をしていた場所に行って、美咲が今眠っている場所に行って、伝えなきゃいけない。
あなたを今でも忘れられない、と。
こんなにも私は、美咲に救われていたんだと。
あなたを今も愛していると。
美咲のケータイに連絡して、もう一度、美咲の友達にお願いしてみようと思った。

《急にごめんなさい。
あの、最後のお願いなんですけど。
私、美咲の、お墓に行ってもいいですか……？
お参りに行かせてください。
今さら私なんかに会いたくないと思うのは、わかってます……。
ズルいのもわかってます。
だけど、会いたいんです。美咲に》

友達からの返事は、すぐに来た。

《もちろん、おいで。俺が案内してあげるから。
あと、そのときに美咲がずっとつけてたネックレスを渡すよ。
美咲がすごく大事にしてたものだよ。
美咲が夢の話をするとき、いつもあれ握ってたよ。
美咲の母親、離婚して出ていったのは知ってるよね。
あの人、ブライダル関係の仕事してるんだって。
美咲、最初は母親のこと、すげえ嫌ってたみたい。
自分は離婚したくせに、誰かの結ばれる瞬間を一生忘れられないものにするために、必死で働くなんて、って。
だけど、美咲が嫌っていたのは、母親に愛されたかったからだと俺は思うんだよ。
自分は、母親に愛されることなく育ってきたから、そうやって母親に愛情を求めていたんだと思う。
そのネックレスは、母親が家に置いていったものだよ。
いつか美咲は、母親と同じ仕事をして、母親を見つけだしてやるって言ってた。
会いにいこうと思えば会えるらしいけど、そんな風じゃなくて、同じ立場で出会って、ほめてほしかったんだと思う。
母親のところまで、追いつきたかったんだと思う。
ひねくれてると思うけど、美咲の精いっぱいのワガママだよな。
子どもとしてのワガママ。
それがこの先、叶うことはないのはわかってる。
俺らにはどうすることもできないし。
だから、咲希ちゃんがずっと持っていてくれればいいと思う。

美咲もそれで納得してくれてるよ。
美咲の一番の理解者は、咲希ちゃんだと思うし。
咲希ちゃんは、美咲の大切な子だから。
俺が美咲のためにできることは、それくらいだけど。
俺、咲希ちゃんとの約束、ちゃんと守るから。
それまでちゃんと強く生きて、な。
自分に負けるなよ。
つらいと思うけど、ちゃんと乗りこえなきゃ。
アイツを幸せにしてくれた事実は、ちゃんと本当だから。
じゃあ、また詳しく決まったら連絡してよ》

彼の名前は隼人といった。
隼人さんの言葉で、私は何度も救われた。
気が楽になって、自分を責めてた気持ちが少しだけ薄れたようだった。
本当は美咲の声で直接、美咲とお母さんの話を聞きたかった。
きっと美咲の夢は、お母さんに追いつくことだったんだよね？
それは叶わなかったけれど、こんな形でも美咲の思いを聞けてよかった。
私が美咲の想い、ずっとわかっているからね。
美咲が思っていたことは、私の中に残っているから。
ネックレスを受け取ったら、一生大事にしようと思った。

それから、涙が止まらない日には、隼人さんの言葉を思い出して自分と向き合った。

そうすると、いくつもの苦悩に立ち向かうことができた。

美咲に出会ったあの日から、美咲を心から消したことなんて一度もなかった。

私はここまで人を好きになれた。

私はこんなにも人を愛することができた。

そして、それ以上に、私に愛をくれた人を見つけることができた。

私たちは不器用で、幼くて、何度も過ちを繰り返した。

今振り返れば、美咲との短い日々で、一度だって苦労しなかった日はなかった。

遠距離だとか、病気だとか、時間が合わないだとか。

いろんな壁が私たちに立ちはだかっていた。

でも、そんな日々だとわかりながらも愛することができたのは、美咲だったから。

美咲は言葉にしないから、私には理解できない行動がたくさんあったけれど、こうしてあとから知れば、美咲の愛がどれほど大きなものだったかに気づく。

私は私なりに一生懸命、美咲に愛情を伝えていた。

あの頃の愛は、隼人さんの言葉を聞けば、美咲にしっかり届いていたことがわかる。

最後まで私は素直になることはできなくて、すれちがいのまま美咲を失ってしまった。

それでも、美咲を想ってきた今までの想いは、偽りなんかじゃない。

ムダなんかじゃない。

失敗を繰り返した結末は、最悪のものとなった。

だけど、その中にあったたくさんの幸せは、今も私の中で輝いている。

償（つぐな）いきれない後悔を、私はこの先も抱えつづけるだろう。

それが私の最大の試練であり、美咲への今までの恩返しだ。

これから先も、ずっとずっと変わらない。

今まで以上にあなたを想いつづける。

隼人さんから連絡が来て、１ヶ月が過ぎた。

秋になり、落ち葉が道いっぱいに広がっていた。

この１ヶ月間、いろいろとひとりで考えた。

このまま悲しさの渦の中で、いてはいけない。

そんな風に思い、隼人さんに、会いにいく約束をするために連絡をした。

《久しぶりだね、元気？
美咲、咲希ちゃんに会えるの、きっと楽しみにしてるよ。
そういえば、咲希ちゃん。
自分のペースでいいけど、ちゃんと恋愛しなよ。
この世に生きている人間は、引きずりつづけちゃいけない。
そんなものは誰の幸せにもなんないよ。
美咲に申し訳ないと思ってるなら、それは咲希ちゃんのエゴだから》

自分勝手な解釈(かいしゃく)かもしれないけど、美咲は私がまた前を向いて歩きだすことを望んでいる、と言ってくれているようだった。

美咲はもうここにいないことを、自分がちゃんと受け入れられる日が来たら……。

過去にできる日が来たら、ちゃんと恋をしよう。

そのときは一歩、前へ踏みだすよ。

美咲は応援してくれてるよね？

ただ……今は少しつらいから、まだ空を見あげて涙を拭うよ。

つらいときは空を見あげた。

最近、キミはよく笑ってる。

空から私をいつでも見てくれている。

“がんばれよ”

そう言ってくれてる気がしてた。

今なら美咲の気持ちがわかる気がする。

琴音さんを失ったときの美咲の気持ちが。

あのとき、この気持ちが私にちゃんと理解できていれば、今、もっと楽な気持ちでいられたかもしれない。

私にとって空にいる美咲が大切なように、美咲にとって、琴音さんも特別な存在だったんだろうな。

心の底からなくすことなんてできない、一生消えない、大切な大切な存在だったんだろうな。

信じきれなくてごめんね。

今ならわかる。

私の中では、ずっと消えたりしない大切なキミの存在。

消そう、なんて思わないから、きっとキミはずっと私の隣にいる。

これからも、ずっとずっと一緒だね。

今は、琴音さんと空で笑ってるかな？

私がそっちに行くまで、少し待っててね。

それが明日になるか、あさってになるか。

10年後になるか、50年後になるか……。

それはわからないけど、それまで待っててね。

すぐ見つけだして、次は必ず伝えるよ。

次は必ず信じるよ。

次は美咲との道を、もうまちがえたりはしないよ。

変わることのない美咲への想いを、まっすぐに伝えつづけたい。

次こそは、伝えつづけたい。

はじめまして

【咲希side】

ドキドキと心臓が鳴る。

久しぶりの感覚だ。

でも、私はこの感覚を知っている。

これで三度目だ。

一度目は、美咲に出会った日。

あのときは、美咲はまだ“啓吾”で……。

一文字ボレしたっけ。

二度目は、月日を超え、美咲とヨリを戻せた日。

二度と伝わらないと思っていた気持ちを、プロフィールが架(か)け橋になってくれて、私たちを導いてくれた。

そして、三度目の今は、はじめて美咲と会える日。

私たちの出会いは、周りとはちがって特殊(とくしゅ)で、ネットの中だったから、今日がはじめてだ。

あれから私は受験生となり、夏休みに会いにいくよ、と言った約束を結局、叶えられなかった。

隼人さんに会いにいきたい、ということを伝えてから、一生懸命勉強して高校に入学した。

希望の高校には落ちてしまったけれど、第２志望の高校に入学できた。

受験が終わり、ひと休みする間もなく、中学の卒業式が行われた。

私の青春がいっぱいつまっている日々を送った中学校。

私は、同じ高校へ進学する子がひとりもいないのですごくさびしかった。

みんなとは、大事な日々を思い出すようにたくさん泣いて、たくさん話した。

ちがう高校へ行っても、近くに住んでいることに変わりはないので、みんなで集まる約束をして別れた。

夏美は相変わらずバレーをがんばっている。

高校に入学する前の春休みだというのに、毎日のように高校の練習に参加しているらしい。

残念ながら、私たちは同じ高校ではない。

でも、同じ方向の高校なので、電車通学を一緒にする約束をしている。

新しい制服に、新しい校舎。

すべてが輝いて見えた。

美咲と出会って三度目の春。

もうすぐ、新しい生活が始まる。

ようやく美咲の生きていた地へと足を運んだ。

朝早く出発するにもかかわらず、夏美が駅で待っていてくれた。

「いってらっしゃい」

それだけ言って、私の乗る電車が見えなくなるまで、手を振っていてくれた。

帰ってきたら、今日あったこと全部、夏美に話そう。

「はじめまして、待ってたよ」
待ち合わせの場所に着くと、声をかけられた。
あれ……、美咲……？
目に浮かぶ涙をゴシゴシと拭う。
一瞬で、過去に戻りそうになった。
美咲の言葉が、声が、頭に浮かんでくる。
そんなわけない。
美咲はもう、ここにはいない。
写真で見た美咲の雰囲気に似ていた彼は、隼人さんだった。
美咲と隼人さんは小さい頃から一緒にいたから、雰囲気まで似ているのかな。
彼は困ったように笑った。
「思い出させてごめんね。大丈夫、美咲に会えるよ」
そう言って、隼人さんは「行こう」と、私に背を向けて歩きだした。
隼人さんは、私が泣いているのを見てなにかを察したのか、それから言葉を発することはなかった。
はじめての人と、はじめての場所に行く。
だけど違和感はなかった。
美咲が私をここまで導いてくれた気がした。
今日まで、とても長かった。
空っぽになったあの日から今日まで、夏美と隼人さんのおかげでどうにか生きてこられた。
隼人さんは、今日まで何度か私に連絡を入れてくれた。

《大丈夫？　あんまり勉強、無理しないようにね》

そうやって、私のことを心配してくれていた。
「ここだよ。俺は少し散歩でもしてるよ」
お墓に着くと、そう言って隼人さんは私をひとりにしてくれた。
その場所には、美咲のお父さんの名前と美咲の名前が彫（ほ）られていた。

《はぁ、本当、背もたれ欲しい笑》

《もうぜってえ離さねぇよ。
ずっと覚悟しとけ。
俺、独占欲つえーから笑》

『っちょ……。……お前、可愛すぎ。じゃあな』

美咲のメールや電話での声が、たくさんの思い出が、昨日のことのように鮮明に頭に浮かんでくる。
あんなにつらかったはずなのに、たくさん苦しんだはずなのに。
浮かんでくるのは、美咲の優しい言葉たちばかり。
私は、やっと泣くことができた。
美咲に抱きしめられているようだった。
はじめまして。

ようやく、会えたね。美咲。
私も美咲にはじめて出会った日から、大人になったよ。
身長も伸びたよ。
もう少しで高校生になるよ。
夏美とは学校が離れてしまったけど、今日も駅まで見送りにきてくれたんだよ。
私、これからまたひとりでがんばらなきゃいけないんだよね。
挫けそうだよ……。
でも、美咲が空で私のこと見ていてくれるの、わかってるから。
今日だって、こんなに青く澄んだ空。
美咲も、笑ってるよね？
やっぱり、私の味方でいてくれてるんだよね。
また、すぐ会いにくるからね。
何度でも会いにいくよ。
もう、会えないってケンカしなくて大丈夫だね。
私たち、こうして少しずつ成長していくんだね。
これからも見守っていてね。
……話したいことはたくさんあったけれど、これからはいつでも会いにこられる、と思うと、私は心の中で語りかけるのをやめた。
「そろそろ大丈夫？　咲希ちゃん、これ」
うしろから隼人さんの声がして、目の前にネックレスが差し出された。

美咲が大事にしていたネックレス……。
シルバーのシンプルなチェーンに、控(ひか)えめに光る空色の石が付いていた。
……あれ、霞(かす)んでよく見えないな。
受け取った手に、また涙がこぼれ落ちる。
まるで、美咲がそこにいるような感じだった。
こんな大事なものを、私が持っていられる。
これからは、美咲をもっと近くに感じられる。
私が美咲といた証。
隼人さんは私が泣きやむのをずっと待っていてくれた。

夕日が綺麗に輝きだした頃、私たちは美咲のお墓をあとにした。
駅に着くと、私は隼人さんにお礼を言った。
「今日は本当にありがとうございました。こんな見知らぬヤツに、優しくしてくれて……。ホントに感謝でいっぱいです。また、これからも、よかったらよろしくお願いします」
「なに言ってんの、美咲の大事な人だろ。大事にするに決まってるでしょ。今後、またなにかあれば連絡してよ。俺からも、たまに咲希ちゃんに連絡するよ。お互い、ちゃんと立ちなおって強くなろうな」
隼人さんは、声をかすれさせながらそう言った。
私にここまでしてくれるのは、隼人さんも美咲のことをすごく大事に想っていたから。

隼人さんも、私と同じ、残されたひとりなんだ。
私と同じく、過去にすがりついているひとりなんだ。
美咲を想う感情はちがえど、親近感を持つことができた。
美咲のおかげで素敵な友人ができた。
「じゃあ、また」
そう言って私は電車へ乗りこんだ。
とても長い一日だった。
まるで、美咲との日々がつめこまれているかのような……
そんな一日だった。

それから私は高校生になり、新しい友達ができた。
友人や、家族に助けられ、私は今日も生きています。
最近は思いっきり笑うことができるようになったよ。
空に向けて、毎日笑おうと思う。
キミに届いてる気がするの。
だから、晴れてる日も、雨が降ってる日も、絶対に泣いたりしない。
“美咲へ”笑顔を届けたいから。
フワッと手を伸ばせば、青い空の雲がつかめそう。
キミが一生を懸(か)けて注いでくれた、たったひとつの“咲希”への愛。
絶対にムダにしない。
美咲は優しいから、どうせまた笑って「がんばれ」って言うんでしょ？
だから、「がんばる」よ。

今度キミに出会ったときは、自信を持って信じられるよう。
またキミを愛せるよう。
同じ後悔を二度としないよう。

今でもまだ、ひとりぼっちで挫けそうになる。
泣きたくなる日もある。
美咲の存在が、恋しくなる。
でも、上を見あげれば、まっ青の世界。
キラッと光る太陽とともに、雲が浮かぶ青く澄んだ空。
そこにはキミの笑顔がある。

キミが私を見つけだしてくれたあの瞬間から、世界は変わった。
その日から、私の世界には“キミ色の空”が今日もまた輝いている。

END

文庫限定

Another Story

空の青と海の青

【咲希side】

——ザザーン……。

まだ冷たい空気の中、まっ青な空の下、目の前には広大な海が広がっていた。

スゥーッと息を吸って、プハァーと吐きだす。

今日は、とてもいい天気だ。

私は高校２年に無事進級し、春休みを過ごしていた。

この１年間、中学とは比べものにならないくらいの勉強時間に追われていた。

予習、復習ばっかりで嫌になる。

毎日毎日、「勉強しろ！」と先生たちに怒られて、無理やり教科書を読む。

今日は補講がない久しぶりの休みで、なんとなく海が見たくなって足を運んだ。

息抜きで来たはずの海でさえ、勉強のことがよぎる。

あぁ、このまま時間が止まってしまえばいいのに……。

砂浜の上にバタンと倒れこむ。

なんて綺麗な空なんだろう。

あまりにも綺麗すぎて、まっ青なキャンバスにまっ白な雲が描(えが)かれているようだった。

——ザク、ザク、ザク……。

まだ海開き前で、ほとんど誰もいないはずなのに、うしろから足音が聞こえてきた。

だんだんと近づいてくる音に、少し不信感を覚える。

誰だろう、と上半身を起こすと……。

「髪、伸びたんだな」

そこには美咲の姿があった。

これは……幻……なの？

あまりにも驚いて、私は言葉を失う。

目を丸くしている私を見て、美咲はハハッと笑ってみせる。

「え……み、美咲……？」

腰をおろしている私は、下から美咲を見あげる。

美咲のうしろに見える空の青さが、美咲を引き立たせている。

「おう、お待たせ」

美咲が私の隣に腰をおろす。

そのまま私の髪をサラリとさわった。

「やっぱり、咲希は長い髪も似合うよ」

部活をしていた頃はショートヘアだった私は、高校に入り髪を伸ばしていた。

まだなにが起こったのか理解しきれない私は、唾をゴクンと飲む。

だけど、隣から優しい香りがした。

「みさ……」

ギュッ。

美咲が私の言葉を遮り、強く抱きしめた。

その瞬間、すべてを理解する。
美咲が私の隣にいる。
美咲に出会って四度目の春、はじめてそれが叶った。
私は美咲の腕の中でボロボロと涙をこぼした。
「会いたかった……」
精いっぱいの声で伝える。
美咲のぬくもり、美咲の匂い。
すべてが新鮮だった。

私がひとしきり泣くのを待って、美咲は私を抱きしめる腕をほどいた。
「ホント、泣き虫だな」
美咲は私の横に座って、空を見あげながら言った。
「美咲のせいだよ……」
私がそう言うと、またハハッと笑った。
「元気だった？」
「元気だったよ。さびしいことも、悲しいこともあったけど、隼人さんや夏美が助けてくれたから」
「そう、よかった。安心した」
そう言うと、美咲は本当に安心したのか、砂浜に仰向けになった。
それを見て、つられて私も仰向けになる。
「なぁ、見ろよ。今日、すっげー綺麗じゃね？」
私は知っている。
それが空を指していることを。

「うん、運命の日だね……。美咲に会えた日が、こんな綺麗な空なんて」
「咲希、知ってる？　空が青いから、海も青いのか。海が青いから、空も青いのか。どっちだと思う？」
「え……、わかんない……。どっちなの？」
「なんだよー、わかんないのかよ。俺も知らないから聞いたんだけど」
　そう言って意地悪そうに笑った。
「もう！　知らないの？　どっちなんだろうね」
「さぁ。でも、俺は空が青いから、海も青い方がいいかな」
「え、どうして？」
「それだけ空の青が濃いってことだろ？　濃いってことは、消えにくいってことじゃん。どこにいても、青色ってわかるだろ」
　美咲の言ってる意味が、私にはよく理解できなかった。
「え……？」
　頭の中にハテナを浮かべる。
「やっぱり変わってないなー。咲希は本当に、おバカ」
「また私をバカにしてー！」
　こんなやりとりができる日が、来ると思わなかった。
　なんて幸せなんだろう。
　３年かけてやっと、叶った。
「ね、美咲。大好きだよ、ずっと……」
　ジッと目を見て言う。
　もう、後悔しないように。

「うん、知ってるよ。俺も好きだよ」
美咲も私の目をジッと見つめる。
はずかしくなって、私は目をそらしてしまう。
「ね、咲希。目を閉じて」
美咲の声が小さく聞こえる。
私は美咲の言ったとおりに目を閉じる。
心臓がドキドキと鳴るのが聞こえる……。

* * *

「さっむ……」
あまりの寒さに目を開ける。
まだ春になる少し前の季節だから、すごく肌寒かった。
お昼過ぎに海に来たはずなのに、あたりはまっ赤に染まる夕日に包まれていた。
「夢……？」
私は、仰向けになった状態のまま、寝てしまっていたらしい。
なんて幸せな夢だったんだろう。
あの頃から、美咲への想いはなにひとつ変わっていない。
だけど、こんなにリアルに美咲を感じる夢を見たのは、はじめてだった。
美咲の意味深な言葉を思い出す。
『それだけ空の青が濃いってことだろ？　濃いってことは、消えにくいってことじゃん。どこにいても、青色ってわかるだろ』
どこにいても、わかるだろ……。
どういう意味で私に言ったのかは、わからない。
でも、「私がどこにいても、濃い青なら美咲を見つけられるよ」って言ってるみたいだった。
すごく、心強く感じられた。
美咲の腕の中のぬくもりや、匂いがいまだに残っている気がする。
美咲は、本当に私に会いにきてくれていたのかもしれない。
私たちふたりが、叶えることができなかった……。
ふたりで空を見る約束を叶えるために。
愛しさで涙があふれる。
この涙は、悲しいからじゃない。
これからの長い人生を、美咲が見ていてくれるなら、まだまだ歩いていける。
私だって、空を見ればそこには美咲がいる。
強く背中を押された思いで、いっぱいだった。
明日から、また人生をがんばろう。
この先、大学受験や就職という、いろいろな人生の岐路が待っている。
迷ったら、またここに来よう。
美咲がまた、会いにきてくれるかもしれないから。

「また、ね」
私はつぶやき、立ちあがった。

お尻の砂をパンパンと払いおとし、歩きだす。

「また、な」

波の音に混じって、うしろからそう聞こえた気がした。

Another Story・END

あとがき

初めまして、空色。と申します。

このたびは、多くの書籍の中から『ただキミと一緒にいたかった』を手に取っていただき、ありがとうございます。

この作品はノンフィクションで、私の実話を書かせていただきました。

書籍化するにあたって、作品を一から編集しました。サイトのものよりもすごく読みやすく、感情が汲みとりやすくなっているのではないのかな？と思います。

美咲と咲希の生き方、どうでしたでしょうか？

ふたりの必死にもがきながらも、お互いを想う気持ちが伝わるといいな、と思います。

編集しながら、当時の気持ちをいろいろ思い出しました。すごく、悲しくなることもあったけれど、逆にワクワクすることもありました。

私にとって、あの頃の日々は、いまだに色あせない思い出です。幸せだったことも、つらかったことも宝物です。

７年前、この作品を文章として残そうと思ったのは、自分の想いをどこかに形にして残しておきたいと思ったから。

そんな想いが、皆様に感動を与え、共感の気持ちをいただけたなら、それはすごく幸せなことだなぁと思います。

こんな風に形にでき、この作品を通していろいろな人に出会えたのも美咲のおかげです。

恋愛にはいろいろな形があって、人を好きになるっていうのは言葉で言うほど簡単じゃないと思います。
その恋愛の結末は、本人たちにも周りにもわからないけど、どんな境遇(きょうぐう)になろうと、“好き”という気持ちを大事にしてほしいと思います。
周りに流されず、だけど時には周りを頼って、強くまっすぐに、大事にしたい人を大事にしてほしい。
後悔する前に、そのときの想いを言葉や形にすることが、きっといつかその恋を導いてくれる、と私は美咲との恋愛で学びました。
読者の皆様にも、後悔しない恋愛の仕方をしてほしいなと思います。

最後になりましたが、この作品を探しだして形に残したいと言ってくださった担当の渡辺様。この作品に携(たずさ)わってくださったスターツ出版の皆様。こんな私の想いを手に取って読んでくださった皆様。私にいろいろな感情をくれて、ここまで導いてくれた美咲。
多くの皆様のおかげで、本という形に残すことができました。本当に、本当にありがとうございました。

2016.8.25　空色。

この物語は実話をもとにしたフィクションです。
実在の人物、団体等とは一切関係がありません。

空色。先生への
ファンレターのあて先

〒104-0031
東京都中央区京橋1-3-1
八重洲口大栄ビル7F
スターツ出版（株）書籍編集部 気付
空色。先生

ただキミと一緒にいたかった

2016年8月25日　初版第1刷発行

著　者　空色。

発行人　松島滋

デザイン　カバー　高橋寛行
フォーマット　黒門ビリー&フラミンゴスタジオ

DTP　株式会社エストール

編　集　渡辺絵里奈

発行所　スターツ出版株式会社
〒104-0031 東京都中央区京橋1-3-1　八重洲口大栄ビル7F
TEL 販売部03-6202-0386（ご注文等に関するお問い合わせ）
http://starts-pub.jp/

印刷所　共同印刷株式会社

Printed in Japan

ISBN 978-4-8137-0139-2　C0193